Egervári Gertrúd Mária

Falu a világ közepén

novum pocket

© 2021 novum publishing

ISBN 978-3-903382-00-8
Borítókép: Egervári Gertrúd Mária
Borító, tördelés & nyomda:
novum publishing

www.novumpublishing.hu

Tartalom

Kedves Olvasó!

Köszöntöm a Falu a Világ közepén, Ispánknak a mindennapjait, de nem mindennapi módon bemutató könyv ajánlásában, bevezetőjében.

Rólunk azt mondják az őrségiek, hogy itt van a Világ közepe, ugyanis a szomszéd falvaktól egyforma távolságra, két dombra települtünk.

Ispánk neve szláv eredetű, az ispán becéző alakja. A német szakirodalomban Espenwang/Espang-ból származtatják, mely 'nyírfás gerincet' jelent. Első írásos emléke 1393-ból ismert *Yspank* formájában. Az Őriszentpétertől északkeletre, enyhén dombon elhelyezkedő út menti kiscsoportos település, amely eredetileg kettő szerből alakult ki. A Keleti szer neve Nemes vagy Úri-szer, a Nyugati szeré Pór-szer volt.

Az Őrségnek a nevében van a sorsa: a honfoglaló magyarok telepítettek ide őrállókat azért, hogy megvédjék az ország nyugati határát, így született az *Őrség*.

Ispánk története szorosan összefügg az Őrség történetével. Az Őrség vidék, vagy mint a régi iratok emlegetik az *„Eőrségi Tartomány"* Vas megye délnyugati részében fekvő 18 községből áll. Ezen községek egyike Ispánk, amelyet valószínűleg a nehezen megközelíthető volta miatt, illetve mivel a templomtoronynak nincsen árnyéka, tréfásan is a világ közepének szokták mondani.

Az elmúlt zivataros századokban – ahogy a magyar történelemben, úgy Ispánkon is – megannyi fájdalom, szenvedés, veszteség tarkította a mindennapokat. De az emberi összefogás a kitartás a folyamatos fejlődés mezsgyéjén tartotta az Őrség szívének tartott kicsi, parányi települést.

Az alig több mint 100 lélekszámú falu ma is teli életérzéssel, élménnyel, s csodákat rejt az év minden egyes napján.

„Tavaszi hajnalokon az egész tájék zeng a madárdaltól, mint egy nagy fényes szimfónia, a teremtő dicsőítésére."

Ajánlom e könyvet minden Őrséget, Ispánkot szerető, kedvelő és jobban megismerni vágyó olvasónak és érdeklődőnek.

Remélem, hogy e sorok fel tudják kelteni az érdeklődését szeretett községünk iránt, és legközelebb már Ispánk utcáin sétálva találkozhatunk egymással.

Kellemes olvasást kívánok!

Őszinte tisztelettel és barátsággal Ispánk Község nevében:

Tamaskó Gábor Tamás
polgármester

A mesterek

Ahogy kiléptem az ajtón, a kódisállásban néhányan a mesterek közül könyörgő, éhes szemekkel tekintettek fel rám.

– Jól van fiúk, – mondtam, – kaptok, csak maradjatok kint.

Visszamentem a konyhába a száraz macskatápért. Kiosztottam az ott lévő tálkákba. Mintha az evés hullámai adóvevő készülékként működnének a kert különböző sarkaiból még két mester futott oda, és Mib is megérkezett. Hogy már a történet elején ne legyen félreértés, egy kis magyarázat szükséges. A mesterek nem munkanélküli asztalosok és vízvezetékszerelők, akiket macskatáppal etetek, hanem a szomszédom egyformán szürkecsíkos macskái. Körülbelül öt van belőlük. Mib egy fekete cica, és egyben az anyjuk is. Miképpen jutottak a nevükhöz? A szembeni szomszédomnak amellett, hogy nagyon szorgalmas ember – főleg a fafűrészelés és vágás a specialitása – titkos vonzalma van a költészethez. Tőle származik ez a versrészlet:

„Az éjjeli bátor felkergette a lesmestert a rázfára"

Azért részlete egy versnek, mert nincs is több része. A vers maga nem igényel magyarázatot. Vagy mégis? A lesmester a macska, az éjjeli bátor a kutya, és a rázfa a villanypózna. Így lettek a csíkos macskák mesterek. Mibből három volt. A fiam látott egy filmet, amiben két titkosügynök szerepel. Ők a földöntúli betolakodókra vadásztak és a bevándorlásukat felügyelték. A fedőnevük „Man in Black" volt. Egy kis variációval így lett a fekete macskából Mib. „Macska in Black." A mib-ekből már csak ez az egy maradt. A másik kettő? Hát igen. Itt a macska fogyóeszköznek számít. A mi macskáink fogjanak egeret, és egyék meg az ételmaradékokat. Ezt hallván a városi állatbarátok szívét borzalom töltené el. A lakásban élő városi cicák el sem tudják ezt képzelni. Ki ne ismerné azt a problémát, amikor a macskák válogatósak lesznek? Régen egyszer egy élelmiszerüzletben a pénztárnál egy idősebb hölgy arról panaszkodott, hogy már nem tudja, hogy mit vegyen a macskájának, mert semmit sem eszik meg. Azt tanácsoltam neki, hogy próbálja meg vanília pudinggal. A boldogtalan cicatulajdonos hálásan megköszönte a tanácsot és megígérte, hogy kipróbálja.

De ismertem egy olyan kutyát is, aminek az olcsó etetési napja akkor volt, amikor karaj helyett csak egy egész sült csirkét evett. Ez a jól nevelt eb végigfeküdt rajtunk, az autó hátsó ülésén, de nem volt szabad hozzányúlni, mert akkor harapott. Vissza a mesterekhez. Egy komoly ellenségük van a kutyákon kívül: egy nagy rőt kandúr, a tigriscsíkos Garfield-macska. Ha jön és rájuk fúj, a mesterek és Mib is eszeveszetten menekülnek. Elkergessem? Egy kisfiú kandúrja volt. A szülei elváltak, elköltöztek, a kandúrt itt hagyták.

Vidéken élünk egy nagyon kicsi faluban, őstermészeti övezetben, az Őrségi Nemzeti Parkban. Jó a levegő, jó a víz. Tiszta csillagos az ég, gyönyörűek a hajnalok és a naplementék. De más is adatott: a szél, a vihar, a jégeső, az ónos eső, és a hó. Hosszú novemberi esőzéseknél, amikor az embernek az az érzése, hogy ma nincs értelme felkelni az ágyból, az agyagosföld, csúszós, sárga sárrá válik. Egyszer két fiatalember, rendesen öltönybe öltözve ment az őriszentpéteri kórus fellépésére. A kórusvezető ránézett a cipőjükre, ami a fűzőig sárral volt borítva, és azt kérdezte tőlük:

– Ti honnan jöttök?

– Ispánkról – volt a válasz.

Többet nem akart tudni. Csak elküldte őket a mosdóba cipőt tisztítani.

Lehet itt élni! De csupán az jöjjön ide lakni, aki nem fél a szúnyogoktól, a darazsaktól és a lódarázstól, ami előszeretettel akkor repül be a nyitott ablakon, amikor az ember az ebéd utáni sziesztáját az ágyon olvasva tölti. Ne féljen az egerektől, békáktól, siklóktól, sáskáktól, pókoktól, és a kullancsoktól. De miénk a fecskefészek, és a gólyák is. A tornácomon van egy elhagyott fecskefészek. Már kétszer voltak albérlők benne. Egyszer verebek és egyszer a kerti rozsdafarkú. A mezők földes útján billeg a barázdabillegető. Peckesen járkál a búbosbanka a kert végében, és olykor felháborodva felállítja a fején a tollcsomót, amiről a nevét kapta. A seregélyek vidáman megeszik a cseresznyefa teljes termését, és pacsirta trillázik a gabonaföldek felett. Egy hollópár majdnem mindig együtt repülve azon az egyedi hangon szólongatja egymást, amit idővel nagyon jól ismerünk. A ritka kerecsensólyom, a magyarok egykori szent madara, tükrözi melléről szitálás közben a fényt. A kakukkok válaszolgatnak egymásnak, és a sárgarigók zöldesszürke tolla villog a szederfa ágai közt.

Tavaszi hajnalokon az egész tájék zeng a madárdaltól, mint egy nagy fényes szimfónia, a teremtő dicsőítésére. Találtunk egy madárfészket, nem nagyobbat, mint egy közepes alma. Amikor a kezemben tartottam, majdnem elsírtam magam. Milyen nagyok lehetnek a tojások és a fiókák? A cinegék előszeretettel kvártélyozzák be magukat a postaládába költeni. Ilyenkor leragasztom az ajtaját, és egy plakátot ragasztok rá. „Vigyázz, ez nem postaláda, hanem cinegefészek!" De ez nem jelenti azt, hogy nem lesznek prospektusok és számlák a fiókákra dobálva. A kert végében van egy nagy kupac felhalmozott széna. Búvóhelyének egy bejáratot kapart ki egy állat. A gyerekek nyáron látták, ahogy egy őz bújt ki onnan. Talán ott szülte meg a gidáját? Olykor a nagy diófa alatt pihennek az őzek és nagyon közel merészkednek a házhoz. Egyszer két rivalizáló őzbak, ahogy egymást kergették, majdnem levertek bennünket a lábunkról. Az őszi párzásnál a patak völgyében a szarvasok vívják csatájukat. Úgy hangzik, mintha valaki száraz ágakat verne egymáshoz. Fagyos téli éjszakában átugorják a kerítést és kikotorják a hullott, fagyott almákat a jégréteg alól. Patáik alatt ropog a jég. Ki járkál a kertben? Félelmetesen hangzik, mikor a nagy fenyőfán a menyétek veszekednek. De az sem semmi, ha a fiatalok fogócskáznak a padláson. Az ágyban fekve már volt olyan érzésem, hogy pillanatokon belül a nyakamba potyognak. Lehet, hogy egyszer az utcán egy róka jön velünk szembe. Vagy a fácán robbanásszerű zajjal repül fel mellettünk. Igen, itt lehet élni! De csak az tudja, hogy mit kapott a sorstól, aki huzamosan itt is él. Annyira meg lehet szeretni ezt a környéket, hogy tényleg itt akar élni az ember, mert itt az élete.

Elemi lények

Tisztelt Olvasó! Hisz az elemi lényekben? A törpékben? Az óriásokban? És tündérekben?

Nem? Nem kell hinnie. De lehet, hogyha itt lakna, és esetleg olykor úgy érezné, mintha valaki figyeli, lesi a bokrok közül, talán hinne bennük.

Minden megváltozik az őszi ködben. Komoran merednek ránk a fák, alakot öltő ködpamacsok mozognak a törzsek között. Félelmetesen erősödik a szél. A lombok fehér-szürkén megadják magukat, és elfekszenek a hatalmától. Idén nyáron fákat, villanyoszlopokat döntött ki a vihar, és öreg gyümölcsfákat szelt ketté. Az őriszentpéteri patak partján úgy néztek ki a fenyők, mintha egy óriás-kéz gyufaszálakat tört volna ketté. Az égen körben sötét felhők között szüntelenül villámok cikáztak.

Ilyenkor be a házba! Gyorsan gyertyát gyújtani, az elektromos készülékeket kihúzni, mert az elmaradhatatlan áramszünet következik. Véletlenül nyitva felejtettem a konyhaablakot, a szél csapkodására csörömpölve hullott ki az üveg. Aztán várunk. Még azt is várjuk, hogy a cserepek megindulnak lefelé, vagy a kémény végigzuhan a tetőn. Nem mindig ilyen erősek a viharok. De az idén augusztusban ilyen volt. Esős időszakokban a kis patakok folyóvá válnak és kiöntenek. Csak nagy kerülővel lehet a következő városba eljutni. Az autóutak mentén a mezők, földek helyén tavak terülnek el. A mi kis szelíd patakunk, ami a Nyugati és a Keleti szer határát jelöli, és nyáron száraz lábbal lehet átmenni rajta, mint egy hosszúra nyújtott tó hömpölyög a völgyben. Ilyenkor csak áll az ember a dombon, nézi és úgy érzi, hogy „rossz filmben játszik".

Amikor 2003-ban ideköltöztem, sokszor jártam egy barátnőmnél. A Nyugati szeren úgy 400 m-rel lejjebb lakott, mint én. Amikor hazafele indultam tőle, idővel rendszeresen az volt az érzésem, hogy valaki követ. Ez egy olyan érzés, mintha valaki mögöttem jönne: hátra-hátra tekingettem, de nem volt ott senki. Körülbelül 50 métert kisért, aztán elmaradt. Egyszer aztán megkérdeztem a barátnőmtől:

– Ki lakik nálatok a házban, aki láthatatlan?

Ekkor derült ki, hogy a fia és egy náluk fekvő beteg barátjuk is látta, amint valaki föl s alá járkált a folyosón. Hárman láttuk, érzékeltük: különböző emberek, egymástól eltérő időpontokban.

Az asztalnál szoktunk dolgozni, és én úgy éreztem, mintha valaki mögöttünk járkálna.

– Küldd már el! – mondtam a barátnőmnek, – idegesít!

– Küldd el te! – válaszolt.

Ismerik azt a kifejezést, hogy valakinek zöld keze van? Ezek azok az emberek, akik nagyon értenek a növényekhez. A zöldkezűek gondolatban, vagy hangosan beszélnek a növényekhez. A mi környékünkön mindenkinek van kertje, és valamilyen módon kertészkedik is. Egy másik barátnőm, amennyire a munkája és az ideje engedi, pihenésként és feltöltődésnek műveli a kertjét. Fákat ültet, virágokat, és van egy kis konyhakertje is. Ő mondta:

– Minden este körüljárom a birtokot. Beszélek hozzájuk, megköszönöm, hogy vannak, és jó éjszakát kívánok.

– A mi kertünkben az agyagos, nehéz talaj ellenére
úgy nőnek a fák, és a bokrok, mintha dupla fizetést kap-
nának. Nem vagyok kertész, de én is beszélek hozzájuk
és köszöntöm őket. Egész évben követem a fejlődésüket.
A Nyugati szeren van egy régóta tudatosan kialakított
és kezelt biokert, az erdő felé egy lankában fekszik. Két
évig a fiam művelte a barátaival. A barátok elköltöztek,
így az utolsó évben egyedül maradt és próbált megbir-
kózni a munkával. Ő mesélte a következőt:
– Tudod, ha dolgozom, soha nem vagyok egyedül.
Körülvesznek. Minden más lesz. A fény, a levegő és még
az őz is nagyon közel merészkedik hozzám, akkor sem
megy el, ha rászólok. – ebből az is érthetővé válik, hogy
nem szerette, mikor emberek jöttek hozzá beszélgetni
és elég kurtán bánt el velük. Úgy tűnik, a munkát és a
másik társaságot jobban kedvelte!

Volt egy nagyon szép fekvésű telkem a Nyugati szeren.
Mindenszentekkor és a halottak napján töklámpásokat
faragtam. Sötétedés után felakasztgattam őket a fákra,
és a barátaim kertjébe is. Nem csak tökből; céklából, ke-
rékrépából is készítettem, így az alapszínezésük is variált.
Mivel a héjuk meg volt faragva és különböző mély-
ségű minták díszítették az anyag sűrűségének megfele-
lően sugározták a fényt. Elmentem a telkemre is egyet
felakasztani. Már késő volt, szeles, esős, hideg idő. Egy
kiszáradt tóka mellett választottam ki a lámpának egy
fát. A bokrok és a fák félkörben álltak a tóka mélyedése
körül. A sötétség ijesztően sűrű volt. Meggyújtottam a
mécsest, és néztem, ahogy a fény teret nyer a sötétség-
ben. Egyszerre csak azt láttam, mintha angyalok, vagy
tündérek álltak volna egymás mellett a tóka karéjában.

Nem túl nagyok, de nem is kicsik. Úgy másfél méteresek lehettek. Nem olyan látás ez, mintha Walt Disney Hófehérke törpéit látná az ember, nem kacér légies tündérkék. Egy ködszerű sűrűsödés, egy sejtés, és mégis látás. Kritikus, materialista elméknek valószínűleg csupán érzéki csalódás. Legyen. Aki egyszer ilyet megélt, semmilyen véleménnyel nem lehet kipofozni a lelkéből az élményt. Most jogos a kérdés:

– Nem félsz?

– De!

Idővel ezt is meg lehet egy kicsit szokni. Ami számunkra felfoghatatlan, és mégis van, ijesztő. Vannak határok, ahol fizikailag is érzékelhető, hogy hol kezdődik egy másik világ.

A faluból kivezető földes bekötőúton is van egy ilyen határ. Ha éjszaka arra sétálunk, egy bizonyos ponton azt szoktam mondani:

– Most én visszafordulok!

– Mitől félsz? – kérdezik ilyenkor tőlem. – A szarvasoktól? A vaddisznóktól? Azok nem bántanak. – Tudom. Igaz, hogy nagyon megijednék, ha egy szarvas csörtetne ki a sötétből, de ez olyan, mint egy láthatatlan sorompó, amire egy tábla van akasztva: 'Magánterület. Idegeneknek belépni tilos!'

Háromnapos budapesti ottlétünk után, még világosba érkeztünk meg. A ház, a kert tárt karokkal fogadott bennünket, de mi is kitártuk addigra lelkünk karjait. *Hazaértünk.*

Úgy örültünk a virágzó rózsaszín virágú hajnalkának a tornác párkányán, ahogy eltökélten törekszik a mennyezet felé. A két napraforgónak, ami a madáreledelből kipotyogva a kertbe vezető lépcső hasadékában eredt meg, ezzel elállva a kertbe vezető utat. Most kerülgetjük őket. Az esti fény, az érő szőlő illata, a körömvirág izzó narancssárgája és a hosszúra nőtt fűszálak kalászának arany ragyogása a miénk volt. *Hazaérkeztünk.*

Október 31-én és november 1-én – mint mindenütt – az emberek a temetőben a sírokon fényt gyújtanak. Fenyőkkel keretezve falu végén van a temető. Tradícióvá vált a barátnőmmel az esti mécsesgyújtásunk. Amikor a hozzátartozók már elmentek, befőttesüvegekkel, mécsesgyertyákkal, gyufával, és elemlámpával felkészülve mi is elindulunk. Addigra már a sírokról sokszínű kis fények pislognak. Nekem nincs itt hozzátartozóm, és neki sincs. Azokra a sírokra tesszük a fényeket, ahol semmi nincs. Vagy teljesen kopárak, elhanyagoltak, vagy elburjánzott cserjék fedik őket. A temető hepehupás füvén keressük a fényeinknek a helyet. Elfogytak az üvegek, és a gyertyák is, külön-külön körbejárjuk a temetőt. Nézzük a fényeket, és elmondunk magunkban egy Miatyánkot. Azokra gondolunk, akik hozzánk tartoztak, de nem itt nyugszanak, majd szótlanul indulunk hazafelé. A fények magukra maradnak az éjszakában. A fenyők ágai hajladoznak, és utánunk suttogják: „Köszönjük". Nem tudjuk azt mondani, hogy szívesen. Mert mi köszönjük, hogy ezt megtehettük.

Hol laksz te? Ispánk, Afrika kapuja!

Néhány évvel ezelőtt a budapesti unokatestvéremmel telefonáltam. A köszöntés után az volt az első kérdése:

– Hol laksz te? – A kérdésben volt érthetetlenség, döbbenet, de egy kis csodálat is. Tudta ő, hogy hol lakom. Többször járt nálam, és mint legközelebbi magyar rokonom, mindenről tájékoztatva volt. Más volt a kérdés alapja. A TV-híradóban újra meg újra hallott Ispánkról. Tudta, amikor a Dunántúlon nem szokásos forgószél levitte a háztetőket. Ispánkról jöttek a tudósítási képek. Hallott a balesetről, amikor a szomszédomat lelőtték. Látta a híradóban, ahogy a rendőrség két napig keresett az Őrségben egy anyát a gyerekével, aki lelki válságában kóborolt az erdőben. – Ismered? – kérdezte. – Hát persze! – De más volt a kérdését kiváltó motívum. Az már nyilvánvaló, hogy Ispánk a világ közepe, de az, hogy Afrika kapuja is, ez még nem derült ki eddig.

A falu végén, a temető mellett, ott, ahol a földek kezdődnek, egy budapesti „güttmentnek" áll a nyaralója. Szépen ápolt kertben tókával, díszcserjékkel, régi és újonnan ültetett fákkal körülvéve áll néhány teljesen renovált őrségi épület. Az említett ember néha itt tartózkodik. Annyira néha, hogy én a 14 év alatt még nem láttam, csak az autóját. Neki volt valami köze, mint résztvevő vagy szponzor a Budapest–Bamaco ralihoz. 2008-ban ősszel egy hétvégén megjelent egy rendőrautó és egy kamerákkal felszerelt kocsi, nyomukban talán 150–200 nagy terepjáró. Volt kisebb, Range Rover típusú, volt lakóbusz, kisbusz, de akkorák is, mint egy kisebb teherautó. Legtöbbje az egyéni ízlésnek megfelelően kiépítve, befestve és díszítve. A Keleti szeren kb. 500 m-re a falu végétől van egy telefonfülke. Ott volt számukra az utasítás a következő útszakaszhoz elrejtve. Ezt kellett megtalálniuk. Ispánk egy zsákfalu. Aki nem találta meg az útmutatót, elment az említett nyaralóig és visszafordult. De akik megtalálták, ők sem tudtak a telefonfülkénél megfordulni. Ez nekem konkrétan azt jelentette, hogy mindegyikük elment a konyhaablak előtt és visszafordulva újra. A kutyám egy ideig őrjöngött, aztán feladta a nem apadó kivilágított szörnyegetek folyamának az ugatását. A konyhaablak öreg üvegei másfél óra hosszat rezegtek. Én meg álltam az ablaknál, és megint az a „rossz filmben játszom"-érzés lett úrrá rajtam. A fiam ott szobrozott egy barátjával a telefonfülke közelében. Sikertelen keresőknek magyarul, németül és angolul nyújtottak segítséget. Budapesttől Ispánkon át 14228 km-re van Bamaco, Mali fővárosa. Most merje valaki azt mondani, hogy Ispánk nem Afrika kapuja.

A második, újraismétlődő kérdés, amit távol élő barátaim és testvéreim, amikor nem találnak, otthon feltesznek: –„Hol voltál? Hová lehet ott házon kívül menni, hiszen ott nincs semmi?" Pedig mindenütt van valami. A városban élő és dolgozó ember, ahol a munkája és a szociális környezete osztja be az idejét, nem tudja az itteni életet megérteni. Hogy csináljuk mi ezt? Magunknak adjuk a munkát. Mi osztjuk be a napjainkat. Ami a szociális környezetet illeti, az itt is van. Azzal a különbséggel, hogy adott esetben mi kevésbé vagyunk segítség nélkül, embertárs nélkül, mint a nagyvárosok tízemeletes házaiban élő emberek. De ezért tenni is kell valamit. Az alapja az emberek felé irányuló érdeklődés és részvét. A munkaadónk is önmagunk vagyunk. Na, jó, így könnyű! Azt csinálsz, amit akarsz! Igen is, meg nem is. Nincs szigorúbb munkaadó, mint az ember önmaga. Amit nem teljesítünk, az nyomja a lelkünket és mi a munkánkért még fizetést sem kapunk. (Nem?) Másképpen, de ugyanúgy, mint az egzisztenciális alapot biztosító pénz. Feladat nélkül az ember először ellustul, aztán jönnek a különböző betegségek és igazi cselekvés helyett azzal a dinamikával töltjük fel lelkünket, hogy állandóan magunkkal foglalkozunk, vagy életpótlásnak TV-t nézünk. Az ilyen élet ürességhez, magányhoz és egoizmushoz vezet. Mi sokat dolgozunk. Most már ott tartok, hogy a testvérek és a barátok azt kérdezik, hogy: „Mikor van időd egy hosszabb telefonálásra?"

Az itteniek

Ispánknak nagyon jó polgármestere van! Amióta itt élek – és ennek már 14 éve – ő a polgármesterünk. Még fiatal. Tisztelem a munkájáért, és idővel jó barátokká váltunk. Településünkön már annak idején be volt vezetve a gáz, ami itt az Isten háta mögött nem semmi egy alig több mint 100 lakosú faluban. Gyorsan idekerültek a szelektív gyűjtőtartályok is és egy saját szennyvíztisztítónk is van. A közmunkások tartják a falut rendben. Ők és a falugondnokunk megérdemelnek egy fejezetet. Régebben Ispánk arról volt híres, hogy innen jönnek a legokosabb emberek. Sokáig működött az iskola is. Most már az a néhány gyerek Őriszentpéterre jár iskolába. Itt érdemes megemlíteni a tömegközlekedést! (Talán a tömeg nem egészen reális.) Reggel fél 8 körül jön egy busz és elviszi azokat, akik menni akarnak. Este ötkor visszahozza őket. Amikor ideköltöztem, Hamburgban élő testvérem azt kérdezte: – És van nálatok villamos? – Aha! Szélvitorlákkal, és napkollektorokkal működik.

A közmunkásoknak köszönhetően nagyon szépen ápolt a falu. Az árkok mellett – mert az is van, és az ideköltözött gyüttmentek legalább egyszer az árokban kötnek ki. Ez nem olyan nagy probléma: majd jön egy traktor és kihúzza őket. Rendszeresen van kaszálva. Olyan akciók is vannak, mint szemétösszeszedés az út szélén. Ott nagyon csinos szeméttartóink voltak. Kenguruformára fűrészelve és kifestve. Hogy mit keres itt egy kenguru? A világ közepén lehet internacionális állatokat tartani. A falu szélén volt egyszer egy struccfarm. Aztán jöttek a bivalyok. Tavalyelőtt egy osztrák család akart ide költözni. Huskykat tenyésztenek, és szánhúzó versenyre járnak velük, sajnos nem jöttek ide, pedig milyen attraktív lett volna, ha nyáron, gördülő szánnal egy husky-fogat ijesztgeti az ispánki macskákat és tyúkokat, miközben a falu összes szabadon járó kutyája acsarkodva követi. Virágdísz is van. A villanypóznákon jó magasan, műanyag kosarakban muskátlik lógnak. Tudjuk, hogy a muskátli vízigényes növény, de még itt sem esik megrendelésre az eső egyszer reggel, és egyszer este. Mi ezt is megoldjuk! A falubuszra egy utánfutó van akasztva. Ezen áll egy hordó víz slaggal, és egy közmunkás. Régebben slag helyett egy malteroskanál volt seprűnyélre kötve, de fejlődünk! Most egy szivattyú pumpálja fel a vizet. Vagy a lopótök szisztémájával szívja meg a locsoló ember? Amit aligha hiszek, mert nem kifejezetten vízivó az illető. Ő az, aki még sötétben is tud diagonális tartásban kaszálni, menni már nehezebben. Az előkészületek után a falubusz lassan egyik oszloptól a másikig halad. A muskátli a slaggal meg lesz célozva. Nem lehet mindig 100%-os találatot elvárni, de azért valami a vízből mindig eljut a növényeknek. Néhány évvel ezelőtt egy güttment közmunkás új szállóigével ajándékozta meg Ispánkot. Az árok partját kellett neki motoros kaszával rendbe tenni. Rendesen lekaszált mindent, még az odaültetett virágokat is. Amikor a másikak szóltak neki:

– De hát gondolkodj! – azt válaszolta: – 45 ezer forintért nem fogok még gondolkodni is.

Hát igen, a gondolkodást az államnak külön kellene megfizetni. A már említett poétikus szomszédom is közéjük tartozik. Ő elsősorban famunkákat végez. A faluházban a belső burkolást, tetőfedést a kuglipályán ő készította, és a téli tüzelőfa előkészítésével is ő foglalkozik. Tőle tudtam meg egyet s mást Ispánkról. Az ispánkiak nagyon jól megvoltak önmaguknak, nem verekedtek, nem pletykálkodtak. Házasságkötések a környező településekkel természetesen voltak. Van egy segítségem, aki a kertemben kaszál, amikor valakire különben szükségem van, ő mindig ki tud segíteni. Ajánlja az egyik unokatestvérét. – Hány unokatestvére van? – kérdeztem tőle.

– Még nem számoltam meg őket!

Őrségi kifejezések: éles igyekezet… a kasza, felém rángató… gereblye, különben itt *grábla*. Mondott egy szalafői bölcsességet is a sündisznóval kapcsolatban: Szalafőn találtak egy sündisznót és nem tudták, hogy mi az. Meg kell kérdezni a Gyozsik Gyósiját ő majd megmondja! Megnézte: – Valahunnan gyütt. Valahuva megy a saját maga vakságába – volt a válasza. (Hát van, aki ért a dolgokhoz!) A lesmesteres vers nem a szomszédom költeménye. Egy alföldi társától tanulta a katonaságnál. Sok ilyen mondókát tud. Azt mesélte, hogy amikor egyedül dolgozik a fával vagy a földjükön, maga elé mondogatja őket vagy énekel. A közmunkásokhoz tartozik Ispánk legerősebb embere is. Az erőhöz, az izmok kifejlesztésére táplálék szükséges. Az ő testét egy robogó viszi az utcán. Azon szoktam eltöprengeni, hogy milyen motor lehet egy ilyen kisméretű motorbicikliben? Traktor, vagy Mercedes? Ő Ispánkon nőtt fel. Édesanyja korán meghalt, tíz évvel idősebb nővére gondoskodott róla, és nagynénjük volt az anyapótló. Néhány éve a nővére beteg lett, és rövid idő után meghalt. Azóta egyedül él. Ellátja magát, és integrálva van a közösségben. Sokszor maga elé dudorászik. A falu biokertjében a termelés és a gondozás két asszonyra van bízva. A termést eladják, vagy befőzik lecsónak, csalamádét és káposztával töltött paprikát tesznek el. De övék a faluünnepekre való főzés, és dekorálás is. Egyikük azon kívül, hogy az ebédet hoz és bevásárol a nyugdíjasoknak, szükség esetén kisebb ápoló munkákat is elvégez. Ő nevelte fel bátyja gyerekét, aki az apjánál anya nélkül maradt. Ő az anyja.

A másik ideköltözött egy itt élő családhoz. Két fivérhez, akik idősödő anyjukkal éltek. Felvállalta a férfiak háztartását, majd idővel az anya ápolását is. Nehéz sorsa volt. Férjével nagyon jó házasságban élt. Férje a szeme előtt, saját házukban, szívinfarktusban halt meg. Utána három műszakban dolgozva egyedül nevelte két kamasz fiát. Nemsokára odakerült hozzájuk a fia barátnője is, aki nagyon fiatalon állapotos lett és a szülei nem akarták otthon. Azt mondta egyszer, hogy:

– Gyereket neveltem gyerekkel. Olykor segít takarítani, vagy fűti télen a házat, mikor elutazom. Majd két év múltával egy szívélyes, szép barátság alakult ki köztünk. Egyszer kávé és cigaretta mellett azt kérdezte tőlem:

– Te kiismered magad ezekben a dolgokban? Lehet az, hogy a halott férjem éjszaka beszél hozzám? Hallom a hangját és sírva ébredek. – Ő volt az, aki tavaly nyáron a Rilke versfordításaimat akarta hallani:

– De te olvasd fel! Az más, mint amikor én egyedül olvasom. Így megértem őket. – *Érti.*

Az emberi értelem a szívben lakik és nem az iskolák számától függ. A sors, az élet a legjobb iskolázás. Falugondnokunk okos, szellemes, és kötelességtudó férfi. Annyi originalitás van a lényében, hogy élvezet vele utazni. Örökké sportszerűen, mindenütt udvarol a nőknek. Főleg a fiatal csinosaknak! De azért olykor kedvesség-

24

ből az idősebb korosztálynak is teszi a szépet. Két fiatal szép lánya van. Amikor az anyjuk elhagyta a családját, édesanyjával és mostohaapjával együtt nevelte fel őket.

Most már csak a polgármesterünk van hátra. Irodalmilag jól sikerült szövegeket ír és mond. A köszöntőknél, a születésnapokon, Mikuláskor, és a temetésnél is ő beszél. Mint már említettem, a szövegei jók, csak az előadásmódja hagy némi kívánnivalót maga után: úgy olvassa fel őket, mintha közben egy falka vadászkutya kergetné. A múlt évben a nyugdíjasok ünnepén, mert ilyen is van, azt mondtam neki:

– Te, az öregek sokszor nagyothallók: amíg a szöveged elér a fülükig, nem beszélve az értelmükről, te már kilométerekkel tovább rohantál! Most ha beszél, és én a szeme előtt vagyok, elég, ha lefelé fordított tenyérrel egy csitító mozdulatot teszek. A dolog csak akkor sül el rosszul, amikor abbahagyja beszédet és megkérdezi:

– Túl gyors vagyok?

– Nem... csak hadarsz!

– Ezt már a tanáraim is mondták.

Temetéseknél szépek a búcsúztatói és emberileg méltányosak. Néhány éve Magyarországon a mesekönyv illusztrációi révén jól ismert Füzesi Zsuzsa halt meg. A férje idevalósi volt, és az ő mesekönyvei segítségével renoválták az itteni házukat. A nyári hónapokat rendszeresen minden évben itt töltötték. Nagyon szerettek itt lenni, növényeket ültettek. Így került egy császárfa a kertbe, amihez egy teherautónyi föld volt szükséges, hogy megeredjen. Magnólia, nyírfák, hársfa, homoki fenyő, kék fenyő, egy gesztenyefa, csavartágú fűz, cseresznyefa, az őshonos gyümölcsfákhoz és bokrokhoz. A bejáratnál egy öreg körtefa áll. Karvastagságú, piros trombitavirág-folyondár kúszik fel az ágain, az egész fa lombját betakarva. Nyáron hónapokig izzanak rajta a vörös tölcsérek. Békés egyetértésben áll a kapu előtt két különböző rododendronfajta, az orgona és jácint társaságában. A kódisállás előtt egy vadcseresznyefa van, amit benőtt a lugasból indulva az itt honos feketeszemű kormin szőlő. Először virágzik, aztán a cseresznye érik rajta, ősszel szőlőfürtök kéklenek vörös-sárga levelei közt. Ispánk legszebb kertje – állítom én. Ami valószínűleg elfogult, mivel most már az én kertemről van szó. Bonyolult módon vettem meg a házat. Miután a férje elhunyt, Füzesi Zsuzsa már nem járt egyedül Ispánkra. Nem láttuk egymást gyakran, de sokat telefonáltunk. Nem is baráti, inkább rokoni kapcsolat alakult ki köztünk. Nagyon megszerettük egymást. Ő volt az egyetlen, aki önmagától úgy szólított engem, mint anyám gyermekkoromban. Ispánk címerét is ő tervezte és festette. Azt volt a kívánsága, hogy a halála után Ispánkon a férje mellé temessék. Április végén volt a temetése. A természet zöldben, virágban ujjongott. Mivel sem pap, sem lelkész nem kísérte, Körmendről egy idegen, civil búcsúztató hölgy tartotta a beszédet. Elég ridegen, és silányan folyt volna le a temetés. Itt voltak ugyan a budapesti rokonok feketében, drága koszorúkkal felpakolva, ők azonban nem ismertek minket, mi pedig őket. Ekkor búcsúztatójával a polgármester mindent, ami az ünnepélyességhez hiányzott, kiegyensúlyozott. Igaz és gyönyörű képet adott a személyiségéről: teljes emberi nagyságában, sajátságos, kedves szívélyességében állt a lelkünk előtt. Én nem rendeltem koszorút. Az éppen virágzó jázminbokorról vágtam le néhány ágat, fehér szalaggal átkötve arannyal, csak annyit írtam rá: „Szeretettel". Engedjék meg, hogy ebben a könyvben, egy verbális síremléket állítsak nekik, ennek a házaspárnak, akik életükben későn találkoztak, és nagyon szerették egymást. Ezen a fényből és virágokból szőtt sírkövön csupán egy mondat áll:

„A szeretet örök és nincs halál".

A kerek születésnapok is a művelődési házban vannak megtartva. Polgármesterünk 40. születésnapjára nem kevesebb, mint 4 pólót kapott, az alkalomhoz illő vicces feliratokkal és képekkel ajándékba. Egymás után magára húzta mind a négyet. Ez a ruhadarab nem vastag, de a fűtőkapacitása a mennyiségétől függ. Az ünnepelt idővel verejtékben úszott, amihez a belülről való fűtés is hozzájárult. Ettünk, ittunk, szórakoztunk. Szólt a zene. Reklamáltam, hogy senki sem akar táncolni velem. Egy 70 éven felüli asszony biztatott:

– Várj, majd táncolok én veled, ha megoperáltak! Hónapok óta vár a csípőoperációjára és mankóval járt. Úgy éjjel 2 óra felé, amikor már csak a kemény mag tartózkodott a konyhában a vaskályha is kezdett kihűlni, és már csak a belső fűtés működött, addigra a 40 éves polgármester már bandzsított a sok szép melegtől!

A község legnagyobb ünnepe a falunap. Szeptember első hétvégéjén szokták megrendezni. Híres a pörköltfőző versenyéről. A résztvevőknek időben be kell jelentkezniük, és a bográcsot beszerezni. A húst, kenyeret, és a fát is a falu adja hozzá. Helybeli vadászunk elmegy egy őzet vagy egy vaddisznót lőni. Sokan jelentkeznek. A szakácsok a faluház melletti réten állnak és felügyelik a bográcsot. Ha az idő egy kicsit esősre áll, olyan füst van, hogy csak egy nagy spanyol legyezővel lehet eredményesen közlekedni. Két óra tájt kész a pörkölt, lehet kóstolgatni. Volt már csípős, almás, szőlős, vörösboros, rozmaringos, szilvás, gombás, a versenyzők ízlése szerint. Hosszú asztalok vannak felállítva, és aki helyet keres és talál is, odaül a többiekhez. Aztán a zsűri következik. Az első három helyezett oklevelet kap. Volt, amikor motorosok raja érkezett ebédelni. Bőrszerelésükben furcsán hatnak a sok őrségi civil közt, mintha egy másik bolygóról érkeztek volna. A nehéz motorok a temető mellett egy csoportba verődve, ménesként várják gazdájukat. Délután aztán programok következnek. Kosárlabda-mérkőzés, felfújható gumivár a gyerekeknek, tombola, néptánc, zene, együttesek fellépése, és este bál a művelődési házban.

Az év vége felé polgármesterünk legkedvesebb fellépése a Mikulás. Sötétedés előtt jönnek a szülők a gyerekeikkel. Az asztalok 'U' alakban vannak felállítva, és szépen, Mikuláshoz illően dekorálva. A zöld-piros asztalterítőkön gyertyák égnek, az asztalok földimogyoróval, mandarinnal, és kis csokoládékkal vannak díszítve. Gyerekek 6 hónapostól 16 évesig vesznek részt. Csengetve érkezik a Mikulás két krampusz társaságában, akik nagy zsákokat cipelnek, és virgácsot tartanak a kezükben. Mikulás leül a szabadon hagyott oldalon a számára előkészített székre, és egy nagy papírtekercset húz elő a kabátja alól, amit a földön a terem egész hosszúságában végiggurít. Ilyen hosszú? Igen, mert minden gyerek fel van írva rá, méghozzá rímekben. Verseket kapnak a Mikulástól aztán egy nagy zacskó ajándékot, a krampuszoktól. Nem csupán irodalmi tehetség az, amit kapnak, hanem egy szívélyes ember teljes odafordulását is a faluközösséghez, ez az igazi ajándék. Igen, ő ilyen.

Első szomszédjaim

Hogy miképpen kerültem Ispánkra egy hosszú történet. Nem céltudatosan. Addig még azt sem tudtam, hogy az Őrség létezik. Anyám 2003-ban meghalt és a 16 éves fiammal ideköltöztem. Lakóhelyet illetően nem volt nagy a választék úgyszólván, csak egy *Nyugati szer 15.* A megszokott svájci körülményekhez mérve kicsi volt a ház, de a telek hatalmas. Svájci barátaim kérdezték:

– És van egy kertecskéd is?

– Igen. Körülbelül 5000 négyzetméter.

Egy fiatal diófa állt a ház mellett, alatta hulladéklécekből eszkábált kecskelábú asztallal. Sokat ültünk ott. A szokatlanul tágas tér, minden évszakban a naplementék nyugaton az Öreghegy mögött, és a hatalmas csillagos ég. Kati néni volt a közvetlen szomszédom. Az ő háza is kicsi volt, hozzátoldott építményekkel. Az udvara rendetlen, kopár, mert a tyúkok minden zöldet megettek; láncon a fához kötve egy fekete vakarcs kis kutya. Ki kellett kerülni a lánc rádiuszát, mert a bokánk után kapkodott. Malacot is tartott és bizonytalan létszámú bolhás macska kószált az udvaron. Házával szemben az út másik oldalán egyedül egy fiatal lány lakott. Neki egy vad németjuhász kutyája volt kennelben. Miután beraktam a házunkba a bútorokat, – már ami befért (a többi használatra és raktározásra Ispánk egész területén lett elosztva). Meghívtam őket vacsorára. Az első vendégeim! Meg is jelentek sajátságos stílusuknak megfelelően. Kicsit még elfogultak voltak, de nagyon kíváncsiak.

Innentől kezdve szívélyes kapcsolat alakult ki köztünk. A tyúkjainak zöldégmaradékot vittem, és amikor sütöttem, neki süteményt. Régen az Őrségben az emberek a konyhában aludtak. Sötétedés után ráláttam a konyhaablakára, ő meg át hozzánk. Azt mondta:

– Olyan jó, ha látom a világosságot az ablakodban, akkor tudom, hogy ébren vagy. – Tőle halottam az első őrségi kifejezéseket. Egy régi biciklivel közlekedett és ment a barátjának, egy idős tűzoltóparancsnoknak segíteni burgundit egyezni. El sem tudtam képzelni, hogy milyen szőlő az, amit egyelni kell. A burgundit addig csak mint bort ismertem, de kiderült, hogy takarmányrépáról van szó. Nagyon félt a kígyóktól, amit ő „kínyúnak" nevezett. A tókájában olykor vízisiklókat talált és addig ügyeskedett, amíg ki nem halászta őket, aztán kapával agyonverte. Egyszer betörtek hozzá és kirabolták. Jött a rendőrség, és a polgárőrség is ott szobrozott a kertkapu előtt. Érdekes volt a folyamat. A betörő abban az időben ment oda, amikor tudta, hogy nincs otthon. Kinyitotta az ajtót, a szobába ment, ahol a szekrényben egy dobozban tartotta a spórolt pénzét és kivette. Ügyes betörő volt!

Amikor átköltöztem a Keleti szerre és néha találkoztam vele, mindig azt mondta:

– Gyere át, úgy hiányzol, miért kellett neked innen elmenni? – Egyszer az itteni gyüttmentek megtették vele a próbát, hogy mennyi idő kell ahhoz, hogy ha valamit elmondanak neki, a faluban megfordulva visszakerüljön. 24 óra!

Egy csekélység miatt kórházba került, ott megállapították, hogy nem működik a veséje. Egy héten háromszor vitték Szombathelyre, dialízisre. Reggel nyolckor jöttek érte, aztán az egész környéken összeszedték a betegeket. Délután 5 óra tájt került haza és addig sem inni, sem enni nem volt szabad neki. 8 évig bírta. A faluházban, augusztusban ünnepeltük a 90. születésnapját. Meglepetés-születésnap volt. Amikor délután a lánya és az unokái meghozták, egy üres asztalokkal ellátott és kidíszített terembe vezették. Megszólalt a születésnapi dal és mindenhonnan emberek bújtak elő. Sikerült a meglepetés! Úgy állt ott, mint aki nem tudja, hol van. Aztán ettünk, ittunk, torták és sütemények halmazai és ajándékok tömege. Polgármesterünk ahányszor elment mellette, megpuszilta.

A barátok engem bíztak meg, hogy szerezzek valami észszerű ajándékot, például egy szép párnát. Mivel az ünnepség előtti szombat délután kaptam a megbízást, nem volt egyszerű a feladat. Pityerszerre a szatócsboltba mentem, mert ott láttam párnákat. Ott viszont kiderült, hogy nincs párna és még soha nem is volt. Kati néni azt szokta mondani:

– Hát micsinyájjon az ember? – Én is így voltam vele! Csomagolópapírnak vettem egy kézi nyomtatású táskát. Tettem bele egy sálat baglyokkal, egy piros pléhbögrét vonattal és teát a bögrébe, kézműves szappant és egy kis tekerős zeneórát Mozart melódiával. Nem akarom elmondani, hogy mit szóltak a megbízóim az „észszerű ajándékhoz"! A sál egész idő alatt a nyakában volt. A bögrét és a teát biztosan használta. Mi az észszerű, csupán az, ami praktikus és használható? Vagy az is, ami a szívnek örömet szerez és nem az észnek?

Születésnapját követő hideg télen egy éjszaka felkelt, elesett, és nem tudott felállni. Félig megfagyva, kihűlve az az asszony talált rá, aki az ápoló munkákat is végzi a faluban. Elfekvőbe került és nagyon gyorsan meghalt.

A másik szomszédom sorsa is nehéz volt és tragédiával végződött. Az édesapja vezette az ispánki boltot és a kocsmát, amíg létezett. Az édesanyja 12 éves korában meghalt. Testvérei nem voltak, így csak az apja maradt neki. Ő soha nem félt. Az iskolából sötétben gyalog tette meg Őriszentpéterről az utat Ispánkig. Este munka után kiment a kutyájával sétálni a határba. Sokáig egyedül élt. Körülbelül harminc évesen találkozott egy néhány évvel fiatalabb férfival. Találkozásuk közös pontja az árvaságuk volt. A fiú egy autóbalesetben vesztette el a szüleit. Elhatározták: összeházasodnak. Kézen fogva járták a Nyugati szer útját. Így együtt volt bennük valami megható. Mint két testvér, akik egymást bátorítva kapaszkodnak az élet felé. Egyik este várta vőlegényét, és amíg megérkezett, elment sétálni a bekötőútra. Már sötétedés után volt. Egy autó jött négy vadásszal. Beállt a bozótba egy kicsit elbújni előlük. A vadászok észrevették, megismerték és egyikük viccből a feje fölé lőtt. A sötétben nem jól célozott és állítólag vaddisznónak nézte. Vaddisznó? Majd' egy méter nyolcvan magasan, hosszú, világítóan szőke hajjal. Lelőtték a koponyája tetejét, ott a helyszínen azonnal meghalt. Vőlegénye eredménytelenül hívta mobilján. Csak órákkal később értesítették a vadászok a rendőrséget. Másnap reggel a szemben építkező szomszédom telkén, ahol még csak vázszerű ácsmunkák voltak, értesültem a történtekről. Ott állt a szomszéd, Kati néni, és a legerősebb emberünk nővére, ők kérdezték:

– Tudod már mi történt? – Elmondták. Négyen álltunk a váz alatt és sírtunk. Amikor este későn a háza előtt elmentünk, jó gondolatokat küldtünk felé. Félelmetes volt az üres ház, ahol még a nyári kerti szék is úgy állt, ahogyan az utolsó estén otthagyta. „Talán ő is ott járt le-föl az úton és kereste élete boldogságát". A rokonok évekig nem tudták eladni a házat. Nem volt senkije, de olyan temetést még nem láttam, amilyen az övé volt. Úgy kétszáz ember gyűlt össze. A sírján egy mező koszorúkból és virágokból. Valószínű, életében nem kapta meg annak a virágmennyiségnek a töredékét, ami ott feküdt.

A gyüttmentek

Igen, Ispánkra sokan gyüttek és el is mentek. Az Őrség egy ismert kiránduló- és nyaralóvidék, főleg kirándulók, akár gyalog, vagy kerékpárral látogatják. Amennyiben egy szép természeti környezetben valaki pihenni szeretne, vagy elhatározta, hogy elhagyja a városok gyors, rohanó életű terepét, az Őrséget is választhatja. Az egész környék tele van vendégházakkal, nyaralókkal és táborozó helyekkel. Itt még majdnem érintetlenek az erdők és a rétek. Madarak, növények, gombák és állatok a saját természetes környezetükben létezhetnek. Vannak tavak is, amik a nyári hőségben kielégítik a fürödni kívánók igényeit. Veleméren a 9. századból szép freskókkal az erdő szélén, egy tisztáson egy templom áll. Már a környezete is visszavarázsolja a múlt hangulatát. Jákon van egyike a Magyarországon oly ritka román stílusú templomoknak.

Szalafőhöz tartozik Pityerszer. Egy volt tanya vagy kisebb település, ami, nagyjából megmaradt a múltból. A természetvédelmi központ szerszámokkal, a házak berendezésével egészítette ki az összbenyomást. Kedvelt kirándulócélpont.

Még a határközeli országokból is buszokkal érkeznek a turisták. Júniusban az ország minden irányából kiránduló iskolaosztályok jönnek. A gyerekeknek kézműves-programokat szerveznek, ha kívánják, bográcsozásra is van lehetőség. Az íjhasználatot szalmabálákra célozva lehet gyakorolni. Állandóan fejlesztik a terepet. Egy játszótér, a múltévben egy helyiség kiállításoknak és különböző beltéri aktivitásoknak épült. Kecskék kerültek oda, a gyerekek a kerítésen túlról fűvel etetik és simogatják őket. Aki megszomjazott vagy éhes, leülhet a szőlőlugas alá a padokra a hosszú faasztalokhoz. Lehet jégkémet enni, üdítőt vagy vizet venni, de az őrségi specialitások, mint a langalló, a nyílt lángon sütött oldalas dödöllével, és bableves is kapható. Az ízekre a koronát a tökös-mákos rétes teszi fel. Egy régi házban egy kis szatócsbolt van. A *kis* fogalma csupán a helység nagyságát jelzi. Ami a választékot illeti inkább, *óriás* lenne az igazi fogalom. Majdnem 30 éve egy Budapestről ideköltözött gyüttment, egy nő kezdte kialakítani. Egyszer azt mondta, hogy 80 beszállítója van. Elsősorban kézművesektől és népművészektől rendel és vásárol. Hogy mi minden van ebben a kis boltban, már meg sem kísérelem felsorolni. Ízelítőnek ennyit: kerámia, faragások, kézimunka, táskák, gyerekjáték fából, íjak és nyílvesszők, csészék nagy választéka, ezüstékszer stb. Vannak drágább, szépen kidolgozott kézimunkák, de a gyerekeknek kisebb, olcsóbb emlékek is. Aki itt nem talál magának a kirándulása emlékére, vagy ajándéknak, valamit az nem is akart vásárolni. De talán jobban tenné, ha az IKEA-ban vagy a Tesco-ban elégítené ki az igényét.

Őriszentpéteren a malom az itteni mértékek szerint egy nagy épület, szép terjedelmes telekkel kerítve és már 25 éve mint kulturális intézmény működik. Pünkösdkor vannak a *Virágzás napjai* és augusztusban a *Hétrétország*. Pünkösdkor elsősorban kulturális rendezvények vannak, hangversenyek, színdarabok, kiállítások és filmek. Olyan magas nívón, ami nagyvárosi minőséggel vetélkedhet. A *Hétrétország* kirándulások, éjjeli csillagnézés és a nyitott porták látogatásáról szól. A malomban lehet bicikliket bérelni. Szervezője is Budapestről költözött ide. Annak idején dalszövegeket írt az Omega együttesnek és Kovács Katinak, ezen kívül, televíziós műsorszerkesztő, dramaturg és rendező volt. Őriszentpéteren már évek óta működik a termelői piac. A város pályázati alapon egy piacépületet akar a mostani helyére. A Művelődési házban van a könyvtár, az őriszentpéteri kórus fellépései, a műkedvelő színjátszó csoport előadásai, évzáró az iskolásoknak és kiállítások. A kora tavaszi rönkhúzás és parasztolimpia is az év rendszeres attrakcióihoz tartoznak. A legismertebb esemény június végén az Őrségi vásár. Magyarország egész területéről, érkeznek árusok, vásárlók és látogatók. Ősszel van a Tökfesztivál.

Van egy egészségház, egész évben 24 órás ellátással, és egy mentőállomás. Az önkormányzat épületében van a bank és a posta. Üzletek, gyógyszertár, sőt még egy virágüzlet is. Néhány étterem és cukrászda, két templom. A katolikus alapjai is a 9. századból vannak, mint a velemérié. A református nem ennyire régi, vidéki barokk, nagyon jó akusztikával. Pünkösdkor a *Virágzásnapjain* kisebb hangversenyek ott hangzanak el.

Őriszentpéter az Őrség fővárosa. Ezen nyugodtan lehet most mosolyogni! Miről szól egy város? Természetesen a nagyságáról, illetve a lakosok létszámáról. Csak? Egy biztos: villamos nincs, de úgyszólván mindenhová el lehet gyalog jutni, ami egy nagyon takarékos megoldás, ha budapesti villamos- és buszjegyekre gondolok.

Vissza Ispánkra. Sokan ismerik falunkat.

A nyitás után 1989-ben egy házaspár költözött ide Amerikából két iskolás korú gyermekével. Mindketten a pszichológia és pszichiátria területén tevékenykedtek. A nyitás után – mint tudjuk – a magyar nép minden irányzatra „nyitva" volt, amihez előtte nehezen, vagy egyáltalán nem jutott hozzá. Idővel kialakult Ispánkon egy kisebb centrum előadásokkal, különböző művészeti vagy terápiás napokkal és hetekkel. Egy épület, majd egy vendégház és végül egy pajtaszínház lett erre a célra építve. A telek alsó részén fekvő biokertet már említettem. Sokan jártak Ispánkon és többen ide, illetve az Őrségbe is költöztek. Amikor először voltam itt 2001-ben látogatóban, a baráti kör 600 emberre terjedt. Nemcsak Budapestről és az ország más tájékáról, hanem külföldről is érkeztek ide. Ne gondolja senki, hogy egy bódult rózsaszín szemüvegen át szivárványt szemlélő társaság jött össze. Mérnök, közgazdász, üzletemberek, kémikus, csillagász, pedagógus, orvos és művész képezte a közösséget. Az első időkben, amikor már itt laktam, minden évben egy színdarabot adtunk elő, az akkorra felépült színházban. Ezek közül csak egyet szeretnék megemlíteni: 2004-ben a húsvéti és pünkösdi *Parszifál*-előadást.

Ez volt a legtöbb szereplőt és előkészület igénylő színdarab. Nem egy felkészült színitársulat játszott, hanem mindenki. Olyan előadás volt a kort és a tehetséget illetően, amire nehéz fogalmakat találni. 22 szereplő, az 5 évestől 72 évesig, és két óra hosszat tartott. Az Amerikából érkezett alapító írta a darabot és együtt rendeztük. Az én részem a kosztümök és a háttér kialakítása volt. Később sajnáltam, hogy akkor nem írtam le a próbák folyamatát a legváltozatosabb komplikációkkal, amiket egy közösségben csak el lehet képzelni! Egy kis betekintést azért szeretnék adni. Amikor az ifjú Parszifál Arthur király udvarába kerül és megtudja, hogy Ither lovag elemelt egy kelyhet a király asztaláról és most párbajra vár, Parszifál elindul, hogy megküzdjön vele. Még nem lovag, fegyvere sincs, csak egy fadárdája, amivel az erdőben madarakra szokott vadászni, hogy utána megsirassa őket, ha elpusztultak. A színdarabban nem létező dárdáját Ither lovag felé hajította és halálosan eltalálta. Egy esetben a próbán Ither egyszerűen állva maradt. Kértem:

– Légy szíves, halj meg! – Mire ő kissé felháborodva közölte:

– Miért, most nem talált el!

A másik figyelemreméltó epizód egy előadás előtt történt. Az egyik színésznőnk macskája ezen a napon délben kezdett el kölykezni. A szerencsétlen nem tudta a kicsinyeit megszülni. Mivel ünnepnap volt, csak az állatkórház tudta őket Szombathelyen fogadni, ami 60 km-re van Ispánktól. Hogy az állat ne pusztuljon el, segítségre volt szükség. Délután 5-kor kezdődött az előadás. Már belenyugodtam: ha nem is szívesen, hogy beugrom helyette. Megpróbáltam a szerepét megtanulni, aztán abban egyeztünk meg, hogy azt mondok, ami az eszembe jut. Egyik társunk az udvaron állt és mobilon informált a távolságról, mert akkor már hazafelé tartottak. 120 km-es sebességgel tépett visszafelé, miközben hangosan a Parszifálhoz tartozó zenét hallgatta. Húga, aki az előadás miatt Ispánkon tartózkodott és elkísérte az állatorvoshoz, óvatosan megérdeklődte, de csak kétszer: tényleg szükséges ilyen életveszélyes tempóban haladni? Aztán csendben maradt és végigimádkozta az utat Ispánkig. Nem az elején volt a macskatulajdonos fellépése, de az első 20 percben. Már folyt az előadás, amikor az utolsó percekben megérkezett. Ketten vetkőztették és ketten öltöztették. Arthur király udvarában egy tánc volt a fellépésének kezdete. Mosolyogva, illegve-billegve besuhant a többiek közé és már ropta is! Oldalszám lehetne erről írni. Nem volt egyszerű, de megérte, és mindenre a kosztümök varrását, a háttér megfestését is hozzászámítva csak három hónapunk volt. Senki sem felejtette el az élményt. Még annyit szeretnék megemlíteni, hogy egy fiatal autista is részt vett az előadásban. Számára egy rövid szerep lett később a szöveghez fűzve. Évekig ismételte a szövegét.

Egy fiatal pár vezette két évig a vendégházat. Eldöntötték, hogy itt telepednek le. Idővel két gyermekük született. A férfi természetvédő egyetemet végzett. A nő szociálpedagógus és alsó tagozatos tanítónő volt. Valamiből meg kell élni! A férfi elkezdte a hidegen sajtolt bio napraforgóolaj készítését. A gabonatőzsdén egy őshonos búzafajtát vásárolt. Földeket bérelt, vetett és aratott. Ez a gabonafajta erősen fagy- és hőségálló. Nem nő olyan sűrűn, mint az újabban kikísérletezett fajták és a kalásza sem olyan dús. Rendszeresen sütök kenyeret belőle. Frissen őrölve, még meleg állapotban kelesztve egy olyan ízű a kenyér lesz belőle, mintha kenyér lenne! Lehet, hogy ez az utolsó mondat az egész szövegem legidétlenem mondata, de aki tudja, hogy milyen a kenyér, az érti. Olyan jó napraforgóolajat, mint az övé még soha nem használtam és nem is kóstoltam. Virágízű volt.

Van Ispánkon egy ezermester is. Amikor ideköltöztem és valamivel problémám volt, azt mondták: – Kérdezd meg Őt! – Mindenhez ért. Amihez nem ért, ott tanácsot tud adni. Gépészmérnök. A családjával, feleségével és három gyermekével költözött ide. A középső lányukat nem ismerem: ő már nem lakott otthon, amikor én érkeztem. A nővére kertészmérnöknek tanult, és a család kertjét műveli. Élettársa Ispánk komputer-szakembere. Valahogy vele is úgy vagyunk: ha valami probléma adódik, vagy valamit be kell szerezni: – Menj hozzá. – A lánynál ugyan ez a helyzet: biopalántát akarsz? Kérdezd meg, hogy van-e neki, de lekvárt vagy teakeveréket is lehet nála kapni. A legkisebb gyerek fiú, Budapesten a filmarchívumban dolgozik. És az anyjuk? Ő mit csinál? Külkereskedelmi idegen nyelvű angol, német levelező volt. Mit csinálnak az anyák? Vezetik a háztartást, főznek, mosnak, nevelik a gyerekeiket. Ez a szokványos, csak az nem mindegy, hogy hogyan. Életemben nem láttam még egy ilyen mosolygós embert, mint ő. Mindig mosolyog. A mosoly nem csak az arcán van, egész lénye mosolyog, pedig biztosan volt neki az életében olyan is, ami nem adott okot a nevetésre. Reggelente hátizsákkal gyalog indul Őriszentpéterre bevásárolni. Nincs annyira messze, de oda és vissza azért hat kilométer. Az Ispánkiak útközben sokszor felveszik. Ilyenkor ez a szöveg: – Nézd, ott megy! Ha későn vesszük észre, akkor visszatolatunk. Az egész család, ha nem is ’ezer’ de sokoldalú ’mosolygó’ ajándék az ispánki közösség életében.

A házak

Ispánk tipikus őrségi település volt kisebb-nagyobb boronaházakkal, a mezőgazdaságnak és állattartásnak megfelelő nagyságú telkekkel. Az agyagos talajon nem termett meg minden. Szegények voltak és abból éltek, amijük volt. Állatok, tyúkokon, macskákon és kutyákon kívül már jóformán nincsenek. Több kis méretű ház épült, mint nagy. Az úgynevezett kúriákból, a nagyobb épületből csak 3–4 maradt meg. Amikor ideköltöztem, a baloldalon állt egy. Egy idős asszony lakott ott egyedül. Nemsokára meghalt és egy idegen befektető vendégházat alakított ki belőle: a renovációnak szemtanúja voltam. Milliókat kellett befektetnie a ház felújításba. Az utca másik oldalán is egy nagyon szép, régi kódisállásos ház áll. Miután kiürült sokáig nem tudták eladni. Egy idősebb férfi élt benne. Agyvérzést kapott, ápolásra szorult és elköltözött a testvéréhez. A ház sokáig üresen állt és lassan összeomlik. 2 éve adták el, de azóta sem történt semmi vele. Ezt a házat a múlt stílusában rendbe tenni azt jelentené, hogy újra felépíteni és annyiba kerülne, mint két új ház.

Az enyémet már említettem. Az volt a szerencsém, hogy az előbbi tulajdonosok renováltak és laktak benne. De rengeteg felújítandó lenne itt is. A régebbi házak közül már csak a legnagyobb, az iskola épülete maradt fenn. Abból is vendégház lett. A 70-es években hatalmas telekére kis egyszerű bungalókat építettek és úttörőtábornak használták. Ezeket a kis épületeket elbontották. Nem kár értük! A szomszédságában van Ispánk egyetlen játszótere. Hűs fenyőerdőben az úgynevezett Béke-ligetben. Ott tényleg béke honol, mivel nincs, aki ott játszana, és így nyáron a rengeteg szúnyog is békében szaporodhat. A kuglipálya hosszú faépülete is ott van.

Később elkezdődött a legkülönbözőbb házak építése. Sokáig nem volt előírás, hogy mit szabad építeni. Van itt minden, és minden időszakból. Most már komolyabbak az építkezési szabályok. Kétemeletes házat nem engedélyeznek, sem lapostetőt, sem színes födémet.

De az emberek szívesen fogadják a környék jellegzetességét. Sok újabb ház épült fából. A Keleti szeren áll egy elég egyedi faház. A különlegessége az, hogy egy igazi székelykapu van a bejáratánál. A turisták olykor lelkesen fényképezik! Hogy került egy székelykapu az Őrségbe? Igaz, hogy az őrállók több száz éve betelepült székelyek voltak, de nem ezért. A tulajdonos ősei is székelyek voltak. Az édesanyja, akit nagyon szeretett és tisztelt, az építkezésnél egy kaput ajándékozott a fiának. Úgy mindennel, ami hozzá tartozik. A bejárat boltozatos íve felett a kis tetővel, két szélén egy kereszttel a régi erdélyi címerrel, egy latin szöveggel a gerendába faragva: „Janua patet cor magis". Magyarul: „A kapunk nyitva, de a szívünk még jobban". A kapuszárnyak mellett úgynevezett szakállszárító, kis tetővel és oldalfalakkal. Az itteniek úgy nevezik, hogy buszmegálló. Érthető! Szakállat már nem szárítanak túl sokan, de busz annál több van. Az egyetlen ispánki buszjárat biztosan megállna, ha valaki tévedésből ott ülne és intene neki. Az említett háztulajdonos is elköltözött, ő is egy gyüttment volt. Sokáig élt itt a szomszédságomban és egy jobb jellemzést a lényéről nem lehetne adni, mint amit az édesanyja ajándékozott neki. A szíve mindenki számára nyitva volt. A házat egy Amerikából érkezett házaspár négy gyerekkel vette meg. Angolul és németül is beszélnek. A gyerekek az óvodában és az iskolában tanulnak magyarul. A kislányuk már messziről integet. – Szia! – Hogy kerültek Ispánkra? A férfi dédapja kivándorolt magyar volt. 2004-ben jött a házaspár Európába. A férj tanár. Az akkori fejlődő országokban nemzetközi iskolák felépítését szervezte. Grúziában, Litvániában, Macedóniában és Szlovéniában. Amikor felkérték Kazahsztánból is építésre, a felesége, aki a negyedik gyermekükkel volt állapotos, úgy gondolta, hogy szeretne már egy kevésbé kalandos életet és valahol otthon lenni. A gyerekeinek megteremtették az életteret a veszély nélküli mozgásra és fejlődésre. Ők viszont elkezdtek állatokat tartani. Van két kutyájuk, egy pónilovuk és két mangalicájuk. Voltak tyúkjaik is, de elvitte őket a nyest vagy a róka és a kecskéket elcserélték a malacokra. Érdekes, amikor az anya a legkisebb gyereket az utcán kocsiban tolja és a másik kettő, biciklijén hangosan, angolul kurjongatva megy el a konyhaablakom előtt. Ami a nyelveket illeti, vicces epizódok voltak a centrum működése idején. Voltak külföldi előadók és vendégek is. Valakinek valamilyen nyelvről fordítania kellett. De ilyen is történt: hárman mennek az úton. Ketten németül beszélnek, ketten együtt magyarul és a német nyelvű a harmadikkal angolul. Legkésőbb 5 perc múlva a német, magyar, garantáltan a rossz nyelvet használta. A németnek magyarul válaszol és a magyarnak németül. (Ez tapasztalat!)

A Borona vendégház

Egy fiatal lány az Alföldről mint fogtechnikus került Körmendre dolgozni és a nyugati technikát tanulni. Megismerkedett egy fiatalemberrel, akinek Körmenden egy vegyeskereskedése volt. Megházasodtak. A férfinek a nagyszülei révén egy háza és telke volt Ispánkon. Itt telepedtek le és egy új házat építettek. Két gyerekük lett: egy fiú és egy lány. Az apa rákbeteg lett és 42 évesen meghalt. Az anya az 5 és 8 éves gyerekeivel egyedül maradt. A férj tudta, hogy meg fog halni, és felesége egyetértésével, a saját házukkal szemben, az út másik oldalán elkezdett számukra egy vendégházat építeni. Halálánál a házon még nem volt tető, de felépült és évek óta eredményesen működik. A feleség felnevelte a gyerekeiket. Máig fontos része Ispánk közösségének. Még mindig fiatal és csinos. Ha megjelenik egy ispánki rendezvényen, mindenki örömmel fogadja, közvetlen és vidám. Az idén még egy kisebb boronaház került a nagyhoz családoknak, pároknak, ha maguknak akarnak lenni. Egyszerű ízléses berendezéssel, tiszta, világos szobákkal. A nagy házban is van egy kis konyha a vendégeknek, ahol teát vagy kávét főzhetnek. A nagyobbik ház egy fenyőerdőben áll. A hátsó oldalán mások is – nemcsak a vendégek – leülhetnek kávéra vagy sörre, és elbeszélgethetnek a tulajdonossal. Egy ideig volt egy biliárd. A fiatalok összeadták a pénzüket és egy órát játszhattak.

Az út mellett a fenyők alatt egy hatalmas hangyaboly van, legalább 1,6 m. Mindig megcsodálom! Megérdemelné, hogy az ispánki bekötőútnál egy táblát állítsanak fel: „Erre az Őrség egyik legnagyobb hangyabolya!” Állítólag amióta Ispánkon élnek, építik a hangyák a bolyt.

Egy nőgyógyász szakácskönyve
és a fák szerelmese

Ugye jól hangzik? Mint egy pszichothriller címe! Pedig nem az. A két Ispánkon épült Makovecz-házról és a tulajdonosairól szól. Makovecz Imre többször járt Ispánkon. A stílusa ismert. Még egy terv is készült tőle egy Ispánkra szánt kápolnáról, ami aztán nem valósult meg.

Svájcban volt egy magyar származású barátom. A barátságunk alapja fiam születése volt: nála szültem. Nőgyógyász volt, de saját szavait idézve: „A nőgyógyászatot a pénz miatt csinálom, de szülés a szenvedélyem. Ezért élek." Ez csak részben volt, így mert a négy gyerekéért is élt és értük is dolgozott. Szenvedélye több is volt. Régi autókat gyűjtött a Jaguar mellett. Volt egy katonai terepjárója is. Úgy vélte, itt optimális lesz. Olykor elvitt engem is egy kis kiruccanásra. Nagyon élvezte, a mellette ülők nem mindig. Valószínűleg elkényeztetett sznob vagyok, de a Jaguarban jobban éreztem magam. Januárban egy befagyott patakon átgázolni, na, ennek meg volt a maga bája. Egyszer télen a terepjáróval Ausztriában voltunk és elromlott az ablaktörlő. Sűrű, vizes hóesésben jöttünk visszafelé. Kilométerenként meg kellett állni és kézzel lekotorni a havat, mivel addigra már semmit sem láttunk. Azért hazaértünk Ispánkra, ahol a szokásos áramszünet fogadott. Mindig nyugodt volt. A szülésnél, a vezetésnél és nyugodtan elmesélte a 150-edik zsidó viccet is. Kedvenc idézeteit Rejtő Jenő 14 karátos autójából vette. Kívülről tudta az egész könyvet. Akkor is nyugodtan mondta tovább, mikor hallgatója már huszadszorra közölte, hogy ismeri. Csak amikor a háza épült, vesztette el a lelkibékéjét! Úgy káromkodott és őrjöngött, mint egy igazi magyar! Különben svájcibb volt a svájciaknál. Egyszer együtt főztünk pörköltet. Akkor vágtam életemben először és utoljára egy kiló hagymát ötmilliméteres kockákra. Nagyon pedáns volt, és a háza is.

Tehát a ház.

Mi két évvel előbb költöztünk Ispánkra, mint ő. 2004-ben húsvétkor meglátogatott és megnézte a Parszifál-előadást. Akkor döntötte el, hogy ide akar költözni. A sors szele őt is elkapta, mint olyan sokan másokat. Vagy talán ez Ispánk szele? Makovecz Imrének az volt szokása, hogy megnézte a telket, ahová a ház épül, és az embereket, akik ott lakni fognak. Orvosunk pontos tervvel fogadta a bútorai és a szőnyegek nagyságát illetően. Tehát a bútorok köré lett a ház építve. Egy kis rendelője is volt. Legnagyobb szenvedélyét, az operát is figyelembe vették az építésnél. Hatéves korától rendszeres operalátogató volt. Szülei odaadták neki és 10 évvel idősebb nővérének – aki énekesnőnek készült – az operabérletüket. A háza felső emelete a nyitott galériával és a hatméteres belmagassággal, ahol a tető belső bordázata is látható, hasonlított egy színházi nézőtérre karzattal. Háromezer lemeze volt és két lemezjátszója. A régebbi még tölcséres. Minden operából különböző felvételei voltak, különböző énekesekkel. Rengeteget tudott a témáról. Nagyon kedvelte az egyes énekeseket összehasonlítani. Mivel én nem voltam jártas ezen a terepen, de érdekelt, hálás hallgatója lettem. Idővel elkezdtem kérlelni, hogy hallgassuk meg az operákat egyben is, mivel én nem ismerem őket. Így lettek operaestek Ispánkon, a világ közepén, de úgy is lehetne mondani, az Isten háta mögött. Egy templommagasságú térben Aidát, Bánk bánt hallgatni nem semmi! Minden esetben sütött a pogácsát a hallgatóknak, és méghozzá milyen finomat! *Szeretett és tudott főzni is.* Az édesanyja receptjeit használta: ha valamit evett, ami ízlett neki, addig kísérletezett, míg megtalálta az összetételét. Azt mondta, hogy emlékezni tud az ízekre. Érthető módon ez ebédmeghívásokat vont maga után. Összeállította a receptjeit egy kis füzetben *Egy nőgyógyász receptjei* címmel és odaadta a barátainak. Magyarországon tiltott a háziszülés, de ő mégis csinálta. Feljelentették és megbüntették. Elvették azt, amiért élt. Elment néhány hónapra Dél-Amerikába egy nemzetközi orvosi segítőszervezettel. Ott valami fertőző betegséget kapott, de eltitkolta. Elvette feleségül a magyar barátnőjét, de ezt is titokban tartotta. Hét éve élt Ispánkon, amikor meghalt. Fiatalkorában súlyemelő volt a pehelysúlyú kategóriában. Halála után mi örököltük meg a sok érmét, amit nyert, mert nem kellett senkinek. Volt egy Kálmán nevű kandúrja, még Svájcból hozta magával. Majdnem húszéves volt, amikor kevéssel a gazdája előtt elpusztult. A háza csak tavaly lett eladva. A ház bejáratánál rózsák állnak. Ezeket is Svájcból hozta magával. Olykor levágtam egy rózsát és hazahoztam. Vázából pillantott rám a kedves barát emléke.

A másik Makovecz-házban egy idősebb festőművésznő lakik. A háza teljesen más, mint az orvosé. Az út mellett, a Keleti szeren, a patak irányába lejtő lankába épült. A teteje fazsindellyel van fedve. A beltér magassága átlagos, és nincs a második szint kiépítve. A ház teljes szélességében egy tornác húzódik, a nyugati kilátást a patak völgyére és a másik szerre szabadon hagyva. Ez is egy boronaház. A külső fal gerendái között agyaggal kevert kóctömítés a szigetelőanyag. Minden környezetvédő ember szívét megdobogtatja ez a természetes megoldás. De nemcsak emberek örülnek neki, hanem elsősorban a madarak. Ennél jobban előkészített fészeképítő anyagot nem is kaphatnának. Tavasszal teljes bevetéssel húzogatják ki a kócot a résekből. A nyári melegben megszáradt agyag kihullik és minden évben újra kell sározni. Ha az év folyamán sok kipotyogott (hát Istenem!), őszi, szeles időkben huzat van a házban és esetleg az ágyban is. De valamit valamiért. Aki a természetben, természetes anyagok közt akar élni, az éljen is vele. Még akkor is, ha a róka éjjel elhurcolja a teraszról a kertipapucsát és reggel 50 méterrel lejjebb, a völgyben találja meg.

De hogy került a festőnő ide?

Úgy, mint a többiek. Már húsz éve a baráti körhöz tartozott. Eljött Budapestről a hétvégi előadásokra. Férje halála után eladta a budapesti házukat, itt építkezett és azóta itt él. Ő is, mint mindenki hozta magával az egyedi sorsát. A háború idejében született. Gyerekként megélte az akkori nehéz, ínséges éveket. Az apja is festő volt, tájképfestő. Szülei elváltak és ő az apjával maradt, míg húga először velük, de később az anyjával élt. El lehet képzelni, hogy milyen élete volt abban az időben, a kommunizmus elején Magyarországon egy tájképfestőnek. A háború után mindenkinek más volt a gondja, mint tájképeket vásárolni. Az apa kapott olykor munkát restaurálásra. Mégis megpróbált egy kulturált, jó nevelést nyújtani a lányának. Gimnáziumba járt, mellette rajzszakkörbe, ahol nem gyerekeket, hanem felnőtteket tanítottak. Fejet és aktot rajzoltak. Készült a képzőművészeti főiskolára. Zongorázni és énekelni tanult. Az apa egy igazi bohém művészlélek volt, és az utolsó húsz forintján, amit kölcsön kért, meghívta a kölcsönadót azonnal egy kávéra. Lányára bízta a család kosztpénzének a beosztását.

Korán, 17 évesen ismerte meg jövendő férjét. A férj akkor már a Zeneakadémián tanult, énektanárnak és karvezetőnek készült. Amikor megismerkedtek és megszerették egymást, azt mondta jövendő feleségének: – Én azért vagyok, hogy vigyázzak rád és gondoskodjak rólad! – Egy életen át ezt is tette. Mivel a festészetből nem lehetett megélni, alkalmazott grafikus lett. Hamar öszszeházasodtak és csak utána közölték a szüleikkel. Két zenében nagyon tehetséges gyerekük született. Előszőr egy lány és 11 évre rá egy fiú. Grafikusként otthon dolgozott. Mellette ellátta a családját, vezette a háztartást és nevelte a gyerekeit. Most már a férj kezelte a család pénzét, nagyon ügyesen. A feleségéért és a gyerekeinek élt és dolgozott. A lányuk hegedűművész lett, és már 13 éve Amerikában él a fiával. A fiuk zongorát tanult. A kisgyereknek kiderült: zseniális a zenei adottsága. Négy évesen játszott a zongorán. Nem az óvodában tanult dalocskákat pötyögette egy ujjal, mind a két kezével akkordokat játszott. Abszolút hallása van. Korrepetitor lett. Budapesten él a feleségével és 3 gyermekével. A felesége is zenész. 1990 körül az anyjuk abbahagyta a reklámgrafikai tevékenységet, és elkezdett olajképeket festeni. Elsősorban fákat, de olykor portrékat is fest. Kiállított és elég jól adta el a képeit. A portrékat megrendelésre festette. A házában egy „örök" képkiállítás van. Fák minden évszakban. Erdőrészletek, egyedülálló fa-individualitások, ligetek és virágzó gyümölcsfák. Élénk színezésű képek, de a fényük több, mint szín. Fényben állnak a fák, és áramlata az egész képen mozog. A fény áthatja teret, a fény életet varázsol a síkra. Fák nélkül milyen lenne a földön az életünk? Lenne még egyáltalán? Itt az Őrségben nagyon jó helyen él a faházában a fák örök szerelmese! Állítólag a majmoktól származunk! (Aki ezt vállalja, nyugodtan származzon!) Egy más szinten, nem a fák a legközelebbi rokonaink? A mi „gyökereink", a származásunk is a földben van. Egyenes tartásunkkal, felfelé a fény felé törekszünk. Lelkünk kinyújtott „ágai" közt levegő áramlik. Tetteink és érzéseink „gyümölcsét" a föld éltető melege, a szeretet érleli.

Én mindenesetre szívesebben vállalom a rokonságot az Ispánk szélén álló nagy hársfával, mint egy páviánnal. A fák megérdemlik, hogy szeressük őket.

A programozóból lett kertész
és a törpe óriások

Ő is ide költözött. Úgy, mint a többiek. Computerprogramozó volt. Mindent maga mögött hagyott. A lakását, a biztos állását, és értelemszerűen a havi fizetését is. Még nem volt 40 éves. Mindenhez ért. Dolgozott a vendégházban és még most is egy itteni kis üzemben alkalmazott, ahol növényi alapon folyékony tápanyagot gyártanak a növényeknek. Mindenhez ért: a fűnyíráshoz, famunkákhoz, sőt cserépkályhát is megtanult építeni. Szerényen és abból a kevésből él, amije van. Úgy éli életét, hogy az már művészetnek nevezhető. Ezzel lényének egyik legfontosabb tényezőjét jelzem. Miután levetette intellektuális, elektronikán iskolázott lényét, „kibújt" belőle a kertész és a művész. Minden művészet körülötte. Ugye milyen szép? De mint mindennek, ennek is két oldala van, művészi érzéke olykor nehézségeket okoz neki és embertársainak is.

Például: egy barátunk megkérte, hogy a pincéjében javítsa ki cementburkolatot. Annyit itt közbevetnék, hogy nagyon szépen és tisztán dolgozik. Tehát csinálta a pince alját, kész is lett vele, de maradt még a cementből egy kevés. Ezt felhígította és a cementlével szép szerves formájú foltokat festett a ház bordó külső falára. A tulajdonos csak akkor érkezett haza, amire a foltok már megszáradtak. Úgy nézett ki a háza alsó része, mint egy vörösborba áztatott tehénbőr. Szerencsére nem az utcai oldal volt, hanem a kerti, így hát maradt. Egy fiatal mezőgazdász az istállót meszeltette ki vele, és ő úgy vélte, hogy a sarokban tapadó fecskefészek is szebb lenne a tiszta istállóba, fehéren! Bemeszelte, ami a kis fecskéknek nem tett jót. Az említett Parszifál-próbán ő nem volt hajlandó meghalni, mert az ifjú Parszifál az imaginatív fadárdájával nem találta el! A másik nagy tehetsége a kertészkedésben nyilvánul meg. Úgy ért a növényekhez, mint senki más a környéken. A vendégház üvegházában, a konyhakert növényei mellé a szépségért, ciniákat ültetett. Büszkén mutatta a kétméteres virágokat. Saját kertje gyönyörűen kialakított és ápolt. Nála láttam életem legmagasabb napraforgóját, kb. 5 méter volt. Amikor még a Nyugati szeren laktam, egy távollétem alkalmával, mint meglepetés, beültette a ház melletti kis virágoskertet. Büdöskéket ültetett bazsalikommal keverve, és a ház utcai oldalán a szobám ablaka teljes hosszában egy sor hagymát. (Arra mindig szükség van!) A büdöskék úgy megnőttek, hogy elérték a csípőm magaságát. Ez a kombináció a bazsalikomnak nem tetszett, mert nem tudott lépést tartani a büdöskével. Kaptam tőle egyszer néhány különböző tök és cukkini palántát. Nagyon szépen virágoztak és gyorsan mindent benőttek. Egy kis tök-őserdő burjánzott a ház mellett. A Keleti szeri kertemben két virágágyast formált. Mind a kettőt ívelt veseformájú, vagy talán a ying-yang jelre hasonlító remekműként sikerült. Nem ő tehet róla, hogy idővel nem gondoztam és benőtte a fű. Most már láthatatlanul csak a forma árka maradt meg, ami arra jó, hogy egy óvatlan lépésnél félrebillenjen az ember bokája. Szereti a szójátékokat és szép szövegeket ír. De a legnagyobb művészi teljesítménye a növényekről és a természetről készült fotói. Nehogy valaki azt higgye, hogy vett magának egy méregdrága digitális kamerát! A régi fényképezőgépére maga szerkesztette az objektívokat. Valahol szerzett lencséket és egyedi módon valamilyen csövekkel hozzá építette. Őriszentpéteren volt egy kiállítása az összeállított vetített képsorozathoz Bartók Béla zeneművét játszotta le. Szép és ténylegesen művészi volt az összhang. Előfordul azért nála is a kevésbé művészi megnyilvánulás. Bejön hozzám és azt kérdezi: – Van egy cigid, és főzöl egy kávét? – Van és főzök! Nélküle Ispánk képe egy színfolttal szegényebb lenne.

Akit Ispánkon szerettek

Egy idősebb német asszony eldöntötte, hogy az öregségét Ispánkon akarja leélni. Hogy került ide? Megismerkedett egy magyar származású férfival. Együtt voltak egy terápiás mozgás-képzésen. Valamikor, egyszer előtte már elkerült ide. Németország északnyugati részéről származott. Örökölt, és abból a pénzből ki tudta fizetni a telket és a házépítés költségeit. Ápolónő volt, majd arany-ezüstművesnek tanult és eurythmista is lett. Természetesen nem tudott magyarul, de úgy gondolta: majd megtanul. Közben magyar barátja is ideköltözött Ispánkra és az építkezésnél mindenben segítségére volt. Kellett is. Még nyelvtudással sem egyszerű építkezni, nemhogy anélkül. Mielőtt a háza épült volna, itt tartózkodott néhány hétig az évben és elkezdte a kertjét kialakítani. Nagyon értett hozzá és tudta, hogy egy kertnek, a földnek gondozás és idő kell, amíg a termelés beindul. Itteni mértékek szerint nagy volt a háza. A beosztása, formája számára egyedül nagyon megfelelt, de például csak egy lezárható hálószoba van benne, minden más helység ajtó nélküli tér. Egy nagy teraszra nyílik a nyugati oldal, enyhén lefelé lejtő dombon. A terasz tele volt kisebb és nagyobb cserepes növényekkel és a lejtő is be lett ültetve. Alatta a konyhakert. A ház utcai oldalán az öreg almafa tövében egy kis tó tavirózsákkal és aranyhalakkal. Amikor csak tehette, a kertben a növényeivel foglalatoskodott. Magas és szikár termetén, az egyéniségéhez illő szép ruhák voltak. A maga stílusában csinos volt. Saját készítésű ezüstékszerekkel egészítette ki az összbenyomást. A háza ugyanígy volt berendezve. Minden minőségi, minden a helyén. Nem eltúlzott, pedáns, takarításmániás emberé. Ő ott élt. A lakásban minden a helyén volt. A bútorok, a képek, a könyvek, az ásványok, a szobrok a vázák. Ez nem olyan meglepő: sokan élnek így. Ami viszont szenzációs volt, hogy mindenről tudta, hogy hol van. Élete utolsó korszakában már nagyon beteg volt és én is segítettem neki. Feküdt az ágyon és onnan irányított: – Nyisd ki a mosogató felett a baloldali legszélső kis ajtót, a harmadik polcon jobb oldalt leghátul van egy királykék vörössel díszitett kis kerámia tálka, abba tedd a reszelt almát. A reszelőt a konyhaajtó mellett és a hűtő között álló kis szekrényben találod a második alsó polcon a nagy üveg salátástál mögött. – Nem túlzás, amit leírtam! Ugyanez volt a helyzet, hatalmas ruhásszekrényével is. Mindennel. Nagyon beteg lett, illetve már betegen jött ide. Idővel annyira legyengült a fizikai állapota, hogy nem tudott segítség nélkül egyedül lakni. Acélos önfegyelemmel viselte a betegségét és a fájdalmait. Soha nem sírt vagy panaszkodott. Amíg csak mozdulni tudott ellátta magát és dolgozott. Visszament Németországba és ott halt meg egy klinikán. Megbeszéltük, hogy a hetvenedik születésnapját nagy vendégséggel fogjuk megünnepelni. A hetvenet még megélte, de nem itt, hanem a klinikán, röviddel a halála előtt. Halála után idelátogatott egy volt tanulótársa, aki a magyar barátját is ismerte. Felfedezte, hogy annak idején mi is együtt voltunk a szobrásziskolán és felkeresett. Ő volt ott a hetvenedik születésnapján. Azt mesélte, hogy Németországban sokan nem szerették. Egy klinikán osztályos nővér volt és a katonás, poroszos lényével bizony sokszor megbántotta az embereket. Itt mindenki szerette. Ennek részben az volt az oka, hogy nem tudta a nyelvet és az emberek segítségére szorult. Egy barátnőm takarított nála: igaz, hogy nem tudott németül ő meg magyarul, de nagyon jól megértették egymást. Amikor Németországba indult a klinikára, akkor is nála volt.

Ezt mesélte: – Megfogta mind a két kezemet és sírt, ahogy beült az autóba. – Búcsúzott Ispánktól is. Minek jött ide élete utolsó éveire? Talán azért, hogy őt is szeressék?

Az ispánki csokoládé

Ha valaki a tisztelt olvasók közül lelkileg felkiált:

– Na, most csak azt ne mondd, hogy Ispánkon megterem a kakaócserje!

Nem mondom! De ispánki csokoládé van, és nem is akármilyen. Egy házaspár él itt két fiával. Az idősebbik autista. Ő volt az, aki a Parszifálban is szerepelt. Az apja alakította Arthur királyt. A kisebbik gyereket is bevettük, akkor nyolcévesen a királyi udvarban táncolt a körtáncban. Idejöttek lakni, és egy házat építettek műhellyel. A műhely akkor még asztalosműhelynek készült. 'Arthur király' részben maga építette a házát. Nagyon sok mindenhez ért, és amihez nem, azt megtanulja. Az anya tanítónő Sárváron, és csak a hétvégeken van itthon. Akkor az egész hétre megfőzi a család ebédjét, takarít és mos. Ő keresett az építkezés idejében. A hétvégén mindent elintéz, és teljes szívből szereti és gondozza a családját. Nagy áldozatot hoz: csak az a szerencséje, hogy ugyanilyen odaadással tanít és szereti a gyerekeket. Az ötödik osztály után a kisebbik fiuk is Őriszentpéterre járt iskolába, addigra felépült a ház. Az apa volt a gyerekeivel itthon. Az idősebbik fiukat az iskola elvégzése után nem akarták intézetbe adni, családban nevelik. Így újra át kellett gondolniuk, hogy mit tudna az apa a gyerekek mellett otthon dolgozni. Addig infraszaunákat épített.

Fiatalon a cukoriparban tanult és csokoládégyárban is dolgozott. Körülbelül öt éve kezdett beletanulni a kézműves csokoládégyártásba. A csokoládé nem egészen az igazi fogalom, inkább pralinékat készít. Az első adagot a már említett Hétrét-fesztiválra készítették, ami egy hétig tart. A Porták megtekintése alkalmával adták el az első csokoládét. 250 darab levendulás és körömvirágos pralinét készítettek, de az első napon már mind elfogyott. És most? Egész éjjel készült az utánpótlás. Csak a házukban adnak el, nincs szállítás. De akik tudják, vagy egyszer vettek, visszajárnak. A „csokoládéművész" jelszava: – Nem tárolásra dolgozom, hanem a vevőimnek! – Ez azt is jelenti, hogy nincs benne tartósítószer és két hétnél öregebb csokoládé sincs. A kisebbik fiuk Szombathelyen elvégezte a művészeti szakgimnáziumot és otthon grafikusként dolgozik. Ő csinálta a nagy reklámtáblát, ami itt a környéken a csokoládé reklámozásához készült. Tehetséges, csendes fiatalember, most lassan beletanul ő is a csokoládégyártásba. Az öt év alatt bővült a csokoládéajánlat: háromszáz fajta pralinét fejlesztett ki. Néhány belőlük: tökmagpraliné, részegszilva, sóskaramell, sárgadinnyegolyó, diópálinkás, marcipános, különböző gyümölcsízek. Egyenként lehet megvásárolni és a helyszínen csomagolják. Már felsorolva is érdekes, de ha egyszer valaki erre jár, próbálja meg. Lehet, hogy ő is egy 'visszajáró lélekké', illetve ispánki csokoládéfogyasztóvá válik!

A klubok

Mert ilyen is van Ispánkon! Van egy 'Tik klub': nők egymás közt minden korosztályban. Ha valaki nem tudná: a *tik* tyúkot jelent. Van hozzá a 'kokasklub' is. Hogy a nők miképpen kluboznak? Úgy, ahogy mindenütt a világon. Beszélgetnek, kirándulnak, sütnek, főznek, vagy legalábbis recepteket cserélnek. Talán kézimunkáznak?

A kokasok? Ebbe logikus, hogy még kevesebb a betekintésem. Ők is beszélgetnek, politizálnak, isznak a pogácsához, amit az asszony sütött nekik. De van egy harmadik is, ahová én is tartozom. Sőt: mondjuk úgy, hogy én alapítottam. A 'Festőklub'. Tíz éve így kezdődött:egy barátnőm teljes magasságában és teljes szőkeségében elém állt és azt mondta:

– Taníts meg festeni! Ez kimaradt az életemből.

Mint csillagász és fizikus sokáig az űrkutatás területén dolgozott és az egyetemen tanított.

Teljes magasságát azért emeltem ki, mert 1,5 m.

Fiatalkorában egyetemi oktatóként úgy becézték, hogy „Zseb-oroszlán". Ez mindent kifejez az igazi nagyságáról. De azt az embert szeretném látni, aki őt zsebre tudja tenni! Ennyi erővel egy égő fáklyát is a zsebébe gyömöszölhetne, a következménye ugyanaz lenne. Érthető, hogy nem tudtam nemet mondani. Addig eszembe sem jutott, hogy itt festést taníthatnék. Megtanult festeni. Az első években sokan gyüttek festeni, aztán el is mentek. Már hét éve annak, hogy mostani klubtagok festeni kezdtek és maradtak. Négyen vannak, meg a fiam.

Nemrégen lett viccből klub belőle. De ami ebben az esetben a klubot jellemezi, hogy már nem lehet olyan egyszerűen belépni. A velük való foglalkozás és együttlét a hét legkedvesebb óráihoz tartozik. A koruk különböző, az előfeltételeik is, és természetesen a magukkal hozott tehetségük is. De tanulnak és fejlődnek.

Egyikük az első órán megállapította, hogy:

– Legutoljára elemista koromban festettem vízfestékkel. – Két hónap múlva olyan képeket festett, hogy be lehetett volna rámázni őket és kiállítani. Mit festünk, hogyan festünk? Megadom a témát, aztán segítek, ha szükséges. Nem írok elő, nem diktálok. Már nagyon komolyan dolgozunk. A bevezetőm több mint egy képötlet. Lelki felhangolás a képre, nem rövid. Festettünk már évszakokat, természetet a hangulatából kiindulva, a születési csillagjegyeiket, bolygókat a belsőn minőségüknek megfelelően. A bevezetésemet általában ezzel a mondattal zárom: – Álljatok neki és csináljatok, amit akartok! – Mert úgyis azt csinálják!

Aztán kimegyek a konyhába, utána már csak zavarom őket. Teljes csendben fél, háromnegyed óra hosszat festenek. Nem beszélnek. Tudják, hogy nem lehet csevegni és mellékesen alkotni. Ez talán a legérthetőbb ok, amiért nem lehet már mindenkit bevenni a klubba. Nagyon önálló, egyedi a stílusuk, és már tudnak festeni. Két éve kaptak tőlem, mint „diploma" a nevük kezdőbetűjével egy szignót. Ketten kipróbálták az olajfestést, és egyikük már csak olajjal fest. Nem csak festeni tudnak, hanem nézni, felmérni és látni is. Azért nem arról van szó, hogy nekem semmi mondanivalóm vagy dolgom sincs a képeikkel. Sőt, most tudok nagyon konkrét, egyenes korrektúrákat adni. Így például: – Ma semmi tulipánhagymát nem akarok látni tőled, vagy: a kör igaz, hogy egy átfogó univerzális forma, de most csak egyenes formákat a témához. Le tudsz ma mondani a rózsáidról? Gyönyörű ez az egyedül álló alak, de egy közösről szólt a téma. Hol a másik? Döntsd el, hogy hol van fent és lent, mert ennek a rohanó dinamikának az lesz a vége, hogy a színek lefutnak a lapról. Olykor olyan válaszokat kapok tőlük, hogy lelkileg hanyatt esek. Aztán azt gondolom: – Te nevelted őket ide, örülj neki.

Örülök is. Például: a sors témájával foglalkoztunk.

Azt mondta az alkotó: – Szeretném az egész képet szürke, fehér és ezüstben tartani. A legközelebbi alkalomnál nekiállt ugyanazon a képen okkerrel és cinóberrel festeni. Megkérdeztem, hogy mi van most az ezüst, szürkével. Éppen csak a válla felett hátra nézett, (mert zavartam) és közölte: – A sors állandóan változik! –

Két férfi van a klubban. Ő, aki nem a fiam, annyira önálló, hogy legalább egy évig tartott, amíg elfogadta a tanácsaimat. Így működött: egy narancssárga alapú és hangulatú kép volt a feladat. Festett egy fekete képet. Amikor megemlítettem, szót fogadott és festett egy zöldet.

Azóta ez is megváltozott. A fiam viszont, amikor Beethoven 9. szimfóniáját festettük, két képet festett egymás mellé a lapra. Elképedtem és rákérdeztem. A válasza lazán a szemüvege felett felpillantva: – Mama, hagyd meg az egyéni stílusomat! Igen, zenét is festünk. Beethoven 7. szimfóniája második tételével kezdtük. Amikor ezt megmondtam, az egyik festőtanítványom sírni kezdett. Ismerte. Ez volt az az eset is, hogy a zenedarab meghallgatása után, már festve, nem álltak velem szóba. Nem azért, mert haragudtak: csak hagyjam őket békén! Nem válaszoltak. Az óra végén közösen megnézzük a képeket. Ki mit ragadott meg a témából. Nagyobb szünetek előtt főzők egy vacsorát. Az individualitásuk itt is tükröződik. Hárman nem esznek húst. Egy lisztérzékeny. Egy eszik ugyan húst, de sajtot és gombát nem. Egy nem ehet hagymát és fokhagymát az epéje miatt. Csak két átlagember van, aki mindent eszik: én és a „sorsszínező"'. Az idei nyári szünet előtt megmondtam nekik, hogy már úgy tudnak, hogy egyedül is festhetnének.

Szeptemberig gondolják át, hogy akarnak-e tovább festeni.

1. válasz: – Mama, én tovább festek.
2. válasz: – Hülye kérdés!
3. válasz: Nem fogok én szeptemberig ezen gondolkodni!

A negyedik és ötödik válasz abban nyilvánult meg, hogy úgy néztek rám, mint akik nem értik, hogy mit mondok, aztán bólogattak. Valószínű: gondolatban ők is csatlakoztak a második válaszhoz.

A táj

Milyen az Őrség? Szép. Aha, de milyen? Mennyire könynyebb lenne az Alpokat, vagy a keleti tengert kilométer széles dűnéivel ecsetelni. Talán egy kicsit olyan, mint a Feketeerdő, vagy a Jura, vagy a francia Sevennák fennsíkja? Nem. Olyan, mint az Őrség! A szerek mindig a dombok tetején húzódnak. Egy szer nem egy falu. Egy település több szerből rakódik össze. A sík részeken az ég boltozata hatalmas kupolaként borul a tájra. Nagy bárányfelhők vitorláznak és a naplementénél körös-körül rózsaszínűek lesznek. Csillagos éjeken sok millió fény teríti ránk hallhatatlan zengését. Újabb technológiával a szénát kaszálás után nagy hengeralakú bálákban tárolják és még egy ideig a réteken hagyják. Nagy területeken, rendszer nélkül itt is, ott is hevernek. Úgy néznek ki, mint pihenő őslények. Rétek, megművelt termőföldek és nagy erdők váltják egymást. Az úton csak 50 métert kell az erdőbe bemenni és egyszerre megváltozik a környezet. Csend lesz: nagy, érzékelhetően megfogható csend. Az erdő csendje egy másik világ, nem az emberek világa ez. Az ember itt látogató. Az erdők tele vannak letört ágakkal, és mohás, korhadásnak indult kidőlt fatörzsek fekszenek keresztül-kasul az alapon. Semmi sem mozdul. A leszakadt agyagos partok mélyedésében áll az utolsó eső kátyús vize. Feltúrt sárban a vaddisznók nyomai. Aztán két őz fut el. Észre sem vettük őket, amíg nem mozdultak. Az Őrségben a tölgyfa az erdők királya. Mindenütt tölgyek állnak, más fafajták társaságában. Hatalmas példányok uralják húsz méteres átmérőjű lombkoronákkal a teret. Szalafőn a Pityerszerre vezető út mellett áll egy hatszáz éves tölgy. Amióta itt lakom és arra járok, rendszeresen meglátogatom, még a vendégeimnek is, mint őrségi nevezetesség meg szoktam mutatni. (Bemutatni, mint egy jó barátot.) Nagyon jóban vagyunk! Hatalmas föld feletti gyökerei közt állva felnézni az ágaira, a koronájára, nagy élmény. Ilyenkor azt gondolom, mi mindent „látott" hatszáz év alatt. Felülkerekedik bennem egy érzés: a tiszteleté. Lelkileg fejet hajtok előtte. Ennyi még a huszonegyedik században is kijár egy „Királynak". A Király Királynője itt áll a Keleti szer határán, Ispánkon. Nem tölgy. A sportpálya, művelődési ház és a temető környékén sok a hársfa. A legnagyobb, a szántóföldeket elhatároló földes út szélén áll. Hatalmas koronájával vastag földfölötti gyökereivel és ágaival a szalafői tölgy méltó párja. A hárs gyorsabban nő, mint a tölgy és biztosan nem olyan öreg, mint a Király. Júniusban, virágzáskor majdnem földig érő lombját, méhzümmögés tölti be az aranyszínű méz ígéretével. Felhőként terül a hársvirágok illata a tájra. Ha ő nem egy „Királynő", akkor ki?

Végszó

Köszönettel Ispánk polgármesterének, aki lehetővé tette a könyv kiadását és mindenkinek, aki velem együttműködött. Az emberek, akikről írtam, még élnek. Nem írhattam neveket. Ezért részben ismétlődő és döcögős a szöveg. Néha (bocsánat!) elég primitíven hangzik, de nem akartam neveket kitalálni.

Hogy keletkezett ez a könyv? Egy kedvenc német nyelvű könyvem adta hozzá az ötletet, Siegfried Lenz könyve.

Siegfried Lenz Németországban a háború utáni új írógenerációhoz tartozott. Nagyon jó kisebb és nagyobb terjedelmű könyvei vannak. De a legkisebb és legkevésbé ismert könyve: *A bájos Suleyken*. Az első hangzás utáni benyomás egy háremhölgy szerelmi kalandjait juttatja eszünkbe. Ám szó sincs róla! Suleyken egy település, de senki se keresse a térképen, mert nincs rajta, mivel nem létezik. Sigfried Lenz Mazuriában született, ami most Lengyelországhoz tartozik. A könyv végszavában azt mondja: „A könyvem egy szerelmi vallomás szülőföldemhez és az ott élő emberekhez." Mégis szerelem!

Kedves ispánkiak, engedjétek meg, hogy az én könyvem is, ha nem is vetélkedhet egy ilyen kitűnő íróval, mint Siegfried Lenz, egy szerelmi vallomás legyen Ispánkhoz és az Őrséghez. Ide vezetett a sors, itt élek és itt szeretnék élni.

Ispánk, 2018. június 11.

A szerző

Egervári Gertrúd Mária 1952.05.05-én született
Budapesten, ám nem ott nőtt fel: édesanyja a
kislánnyal és annak testvérével Svájcba emigrált.
Egervári Gertrúd Mária ott járta ki a Waldorf-
iskolát, majd szobrászképzésen vett részt.
Huszonkét évesen tanítani kezdett, majd harminc
évesen férjhez ment. Egy fiúk született. Férjével,
a germanista tanárral és színésszel annak 2005-
ben bekövetkezett halálakor már nem voltak
házasok. 2003 óta fiával Magyarországon,
az Őrség egy kis falujában él. Élete során sok
mindenben kipróbálta magát, volt szobrász, ezzel
párhuzamosan festő, harminc éven át tanár –
elsősorban gyógypedagógus kisegítő iskolában –,
előadóművész, s nem áll távol tőle az ezotéria sem.
2016 óta rendszeresen ír.

A kiadó

*Aki feladja,
hogy jobbá váljon,
feladta,
hogy jobb legyen!*

E mottó alapján a novum publishing kiadó célja
az új kéziratok felkutatása, megjelentetése,
és szerzőik hosszútávú segítése. Az 1997-ben
alapított, többszörösen kitüntetett kiadó az egyik
legjelentősebb, újdonsült szerzőkre specializálódott
kiadónak számít többek között Ausztriában,
Németországban és Svájcban.

**Valamennyi új kézirat rövid időn belül egy
ingyenes, kötelezettségek nélküli kiadói
véleményezésen esik át.**

További információkat a kiadóról és
a könyvekről az alábbi oldalon talál:

www.novumpublishing.hu